ANNA

V. Maroah

ANNA

© 2024 V. Maroah

Édition : BoD · Books on Demand GmbH, In de Tarpen 42, 22848 Norderstedt (Allemagne)

Impression : Libri Plureos GmbH, Friedensallee 273, 22763 Hamburg (Allemagne)

ISBN : 978-2-3225-4068-6

Dépôt légal : Septembre 2024

« Jeanne, (…) prête à saisir tous les bonheurs de la vie (…) interrogeait l'horizon. »
Une vie. Maupassant.

Puisqu'il faut bien commencer par quelque chose…

Je m'appelle Anna.

Comme chaque soir je me laisse glisser dans l'affable lassitude de la journée écoulée. Pelotonnée dans le doux confort de l'instant inutile. Dans la bienheureuse parenthèse d'un moment de paresse que rien ne perturbe. Le monde extérieur, à l'heure du crépuscule, a cessé de me solliciter. Laissant la place aux pensées vagabondes. C'est ainsi que cela pourrait commencer.

Une fille et un jardin

Mais cela pourrait aussi se présenter autrement :

Je m'appelle Anna.

J'ai trente-huit ans, deux enfants de deux pères différents, des amants de temps en temps, quand j'ai le temps. Je travaille deux jours et demi par semaine. Un mi-temps. Je gagne bien ma vie. Je suis payée deux fois le montant d'un temps complet. Entreprise familiale. Privilèges. Précision succincte pour expliquer un fait qui peut surprendre, de par son aspect inhabituel. Toutefois, en raison de ma situation, gagner deux fois plus en travaillant deux fois moins, c'est normal. La famille, c'est l'entraide.

J'ai des animaux, j'adore les bêtes et j'exècre le mal qui leur est fait. Je m'engage dans de multiples causes visant à leur protection et leur défense. Cela va de l'abandon à la maltraitance. La souffrance animalière me noue les tripes et je suis incapable de retenir mes larmes lorsque j'y suis confrontée. J'ai deux lapins, deux chats et deux poules. Deux lapines, deux chattes, et deux poulettes. Que des paires. Et que des filles. Parce qu'il est acquis que la femelle des espèces est plus affectueuse, plus câline que le mâle, fier et belliqueux. Et même si je suis l'incarnation parfaite du contraire, je me réfère aux dogmes, aux vérités établies, bien plus fiables et plus justes à mon sens que mes ressentis profonds. Dont j'ai bien du mal, soit dit en passant, à évaluer la profondeur.

Je ne suis pas une personne affectueuse, qui manifeste son attachement aux autres. Je ne suis pas à l'aise avec les contacts physiques. J'envie cette facilité qu'ont les autres de s'enlacer, de s'embrasser chaleureusement lors de retrouvailles, alors que je suis là, maladroite et guindée, si désireuse, si envieuse de ce laisser-aller affectif et incapable de…
Incapable de le formuler.
Incapable de l'exprimer.

Pourquoi suis-je ainsi ? L'éducation ? La vie ? Mon enfance ? Mon histoire ? L'inconscient ? Le hasard ? Moi ? Moi tout simplement ? Juste *moi* ?
C'est d'autant plus déroutant, et d'autant plus contestable que je suis très maternelle et dotée d'une grande sensibilité. Ma vie entière quasiment est consacrée à mes enfants, qui accaparent les trois-quarts de

mon temps, enfin, la moitié de mon temps, l'autre moitié étant à vocation professionnelle, quoique, même là, mes enfants envahissent la totalité de mes pensées. Je leur suis entièrement dévouée et cela me comble. De même que je m'occupe énormément de mes animaux, soucieuse de leur bien-être, totalement réceptive à leur amour inconditionnel.

Oui, je suis terriblement attachée à tous ces petits êtres qui dépendent de moi. Eux seuls sont l'objet de mon attention, finalement. Avec les autres, avec les gens, dont la vie n'est pas assujettie à mes choix, tous ceux qui sont libres d'évoluer indépendamment de moi, j'instaure une distance salvatrice qui me préserve de toute défaillance émotionnelle en cas de rejet de leur part. Je ne supporterais pas d'être désavouée ou abandonnée par quelqu'un à qui j'aurais manifesté mon attachement. Je connais si bien ce vertige du désamour, ce vide sidérant qui s'installe en nous et pèse si lourdement sur nos vies déçues, ce vide abyssal niché au fond des entrailles et que rien ne peut combler. Ni les obscènes quantités de nourriture, ni la boulimie d'une cohorte d'amants. Rien n'y fait. Je la sais par expérience. J'ai déjà vécu ça. Le détachement.

Avec ma mère.

Alors je me protège.

De l'amour des autres.

Par peur de le perdre.

Je dispose depuis peu d'un immense jardin entourant ma belle maison que je n'ai pas financée, privilège familial, normal, la famille c'est altruiste, ça donne. C'est pour cette raison que j'ai pris des poules. Pour le jardin, pas par altruisme. Cet espace extérieur est divisé en plusieurs zones, aménagées en fonction des activités qu'elles proposent.

Il y a tout d'abord l'élégante terrasse en teck, recouverte d'une pergola où s'entrelacent chèvrefeuille et jasmin, feuillages alambiqués aux senteurs mêlées. Lieu convivial, agrémenté de l'inévitable salon en rotin tressé et de luminaires classieux et discrets dispensant leur lumière tamisée à la nuit tombée. Un endroit qui s'adapte aussi bien à la paix du jour qu'au silence du crépuscule. Mon secteur de prédilection. Je vais rarement plus loin, généralement comblée par la paix du jour et le silence du crépuscule.

Sur la droite, en léger surplomb, se dresse l'espace piscine, lieu clos et sécurisé, avec son poolhouse inutile mais dans ce type de propriété et dans mon milieu, il est inconcevable de disposer d'une piscine sans poolhouse. Ce serait renier notre classe sociale. Une mutilation d'un signe extérieur de richesse. Un poolhouse donc, agrémenté d'une cuisine d'été, elle aussi inutile puisque personne n'y cuisine tellement c'est peu pratique, décore ce lieu. Les objets et équipements liés à l'entretien de la piscine sont quant à eux rangés dans le local technique, suffisamment spacieux pour les accueillir. C'est d'ailleurs pour cette raison que le poolhouse ne sert à rien, il était inconcevable de l'encombrer d'éléments disparates à vocation utilitaire et non ornementale. Des transats aux couleurs vives assorties et des parasols exotiques, sensés évoquer la gaieté et une certaine idée d'un certain art de vivre, sont harmonieusement disposés sur les dalles en travertin qui encadrent la piscine. L'immense rectangle bleu que chaque été convoque assidument et où les corps plongent avec délice et volupté. Un décor de magazine exposé sur la vitrine de nos existences.

Face à la terrasse, quelques centaines de mètres carrés paysagers, composés d'allées ornées d'arbustes au feuillage persistant et de fleurs multiples et éphémères. Un joyeux bazar à la nonchalance naturelle savamment étudiée.

Au bout de ce jardin d'agrément, tout au fond du terrain, on trouve l'espace jeu. Celui-ci se compose d'une balançoire, ou plus précisément d'un *complexe* balançoire intégrant toboggan, cabane, échelle, barres et cordages divers destinés à favoriser l'épanouissement psychique et le développement psychomoteur des jeunes enfants. Accessoirement conçu pour s'amuser.

Un terrain de pétanque a également été aménagé. Parfaitement entretenu. Jamais utilisé encore, puisque personne ne joue aux boules ici, nous n'avons d'ailleurs pas de boules, sauf peut-être mon père, convaincu d'en avoir une paire. Quelque part. A l'une des extrémités de ce terrain vierge mais ouvert à toute proposition est posé un banc en fer blanc protégé par l'ombre d'un murier platane aux larges branchages. Je m'y assois parfois, les yeux errant vaguement sur le terrain vide.

Quand j'ai les boules.

Sur la gauche se situe le potager, ainsi que ce que l'on nomme communément un verger. De longues rangées d'arbres fruitiers, plutôt jeunes et impeccablement alignés. Parce qu'à notre époque, disposant d'un tel espace pour soi tout seul, il serait inconcevable de ne pas adopter une démarche écologique. Je ne vise pas l'autosuffisance, puisque, ne soyons pas dupes, il est très aléatoire, fortement compromis et parfois rare de consommer sa propre production, du fait des aléas climatiques déterminants de son devenir. Mais je prône les bienfaits d'une production personnelle. J'explique à mes enfants l'importance de bien manger, de consommer local, les dangers des pesticides, l'impact de la mondialisation, l'agonie de la planète, les enjeux économiques, tout ça tout ça. Sans vouloir développer un racisme végétal, je leur inculque l'aversion pour les fraises d'Espagne ou les bananes du cosmos qui font dix fois le tour de la planète pour arriver jusqu'à nous. Par conviction et par convention, nous mangeons nos propres légumes. Quand ils daignent pousser. Généralement, nous nous nourrissons de tomates et de radis. Les salades, elles, sont plutôt consommées par les limaces.

C'est de ce côté-ci que nous avons implanté le poulailler. Cent cinquante mètres carrés clôturés avec une cabane à poules de

luxe (la cabane, pas les poules). Une cabane que j'aurais adoré avoir quand j'étais petite, pour m'y réfugier et me livrer à des jeux peuplés de personnages imaginaires et de mondes meilleurs. J'en ai eu une d'ailleurs, de cabane comme ça, avec la petite cuisine de la parfaite ménagère, le pot de fleurs à la fenêtre, et tout et tout…
Mais il n'y avait pas de poules.
Quelques poules de luxe, tout au plus, qui, en l'absence de ma mère, caquetaient autour de mon père, véritable coq en pâte.

Les miennes vivent là, en liberté. Dans cet espace fermé qui leur est dédié et où elles disposent de tout le nécessaire à leur bonheur. Bien sûr, il y a une limite à leur liberté, puisque ce lieu est clos, mais c'est pour leur sécurité. Je sais parfaitement que la liberté a besoin de barrières à ne pas franchir. La liberté sans limites c'est dangereux. Surtout pour de simples poules, si vulnérables face à un éventuel prédateur.

Je n'ai pas encore l'habitude des poules. Je les ai acquises depuis peu. J'en ai pris deux, sans trop savoir quel était le nombre idéal pour leur bien-être. Je compte observer leur comportement avant d'éventuellement en prendre plus. Une poule unique, cela me semblait insuffisant. Bien que vivant seule, ou *parce que* vivant seule, j'ai pensé que deux c'était mieux. Trois, c'est risqué, trois, si c'est comme chez les hommes, c'est un chiffre qui comporte un risque élevé d'exclusion. A trois, il y en a toujours un de trop. Quatre, c'est embêtant aussi, quatre, cela peut engendrer deux groupes de deux. Deux clans. Un clivage. Deux groupes, c'est déjà potentiellement une source de conflit. Au-delà de quatre, cela devient une communauté, et si c'est

comme la société des hommes… Cela sera inévitablement ingérable, avec des rapports de force, des prises de pouvoir, des hiérarchies, des contradictions, des batailles, peut-être. Des crimes, même ?
Alors, pour l'instant, deux. J'observe.

La classe des mammifères

Je m'appelle Anna parce que je ne pouvais m'appeler Jeanne. Puisque mon auteur n'est pas Maupassant, et je ne suis pas l'héroïne d'*une vie*… Je suis juste le personnage de ma vie. La petite personne sans héroïsme d'une petite vie sans imagination. Un mime dans une pantomime.

J'aurais pu m'appeler *Anne*, c'est ce qu'aurait souhaité ma mère, fervente adepte d'*une vie* à consistance universelle. Quand j'étais petite, elle me disait : « Je n'ai pas pu t'appeler Jeanne mais j'aurais bien aimé te prénommer Anne, parce que ça ressemble. Tu vois, Anne, c'est Jeanne sans le J. » Sans le *je*, formulait-elle précisément, pour que j'identifie sans erreur, à travers le son, la lettre qu'il convenait d'ôter. Parce que quand j'étais petite, moi, j'apprenais le *a*, le *be*, le *ke*, le *de*, le *fe*, le *gueux*... et le *je*.

Donc Anne, dépourvue de *je*. Privée de moi-même. C'est comme ça que ma mère m'a envisagée, qu'elle m'a conçue. C'est ainsi qu'elle m'a désirée...

Peut-être que ça explique des choses, peut-être ?...

Mais elle a renoncé. A cause du son. De la connotation. Disposant d'une connaissance approfondie du genre humain, bien qu'elle sortit peu de chez elle à cette époque-là, elle a craint que ce doux prénom privé de sa référence initiale, *Jeanne*, ne soit purement et simplement associé à un équidé, affublé, qui plus est, d'une piètre réputation. Quand on transpose son appellation au genre humain. Ma mère était lucide et parfaitement consciente que la consonnance du prénom *Anne* était bien plus évocatrice du mammifère herbivore et ongulé, que la bêtise des hommes décrète stupide, que de la référence à un prénom réformé d'une œuvre littéraire du XIXème siècle.

Evidemment.

Je m'appelle donc Anna. Pour ces raisons-là.

Ma sœur s'appelle Soléa. Elle aurait pu se prénommer Lou, mais pour d'évidents motifs qu'il est désormais inutile de développer, elle n'aurait pu, elle non plus, porter un prénom dont la sonorité évoque un animal. Un prédateur, qui plus est.

J'ai une sœur. Soléa. Elle est née douze ans avant moi.

Et gardera toute sa vie une longueur d'avance sur moi.

Peut-être que ça explique des choses, peut-être ?...

Elle est d'une laideur hallucinante, tandis que je suis d'une beauté sublime.

Sa disgrâce est remarquable.

Est-ce pour cela qu'on la remarque, *elle* ?

Tandis que ma grâce éblouissante, la finesse de mes traits, la candeur de mes lèvres, la suggestivité timide des cinquante nuances de bleu de mes doux yeux, l'éclatante blancheur de mon teint, tout ceci une fois constaté et établi, ne génère qu'indifférence et ennui. Les regards se morfondent face à l'évidence de ma beauté. Bien sûr, je ne nierais pas ces premiers coups d'œil appréciateurs, évaluateurs, ce soupçon d'intérêt primitif et éphémère, cette convoitise, parfois. Bien sûr. Mais rien qui dure.

Le regard juge, jauge, pèse et soupèse. Rien d'autre.

Ma beauté est si flagrante qu'elle ne laisse place à aucun mystère, n'en appelle à aucun imaginaire. Elle est là, offerte à tous, flamboyante, accessible. Comme une provocation, la vision d'une incontournable réalité, qui ne donne rien d'autre à voir, à espérer qu'elle-même. Elle est là, dans sa monstrueuse banalité.

Et quoi de plus repoussant que l'ordinaire ?

Ma beauté somptueuse étiole le désir tandis que la laideur affriolante de Soléa suscite l'attraction.

C'est moi que l'on voit.

Mais c'est elle qu'on regarde.

Peut-être que ça explique des choses, peut-être ?...

Inutile de se répandre sur les caractéristiques physiques désavantageuses de ma sœur. J'ai d'ailleurs toujours attribué notre écart d'âge à la terreur de ma mère, épouvantée à l'idée de reproduire un être si laid. Douze ans plus tard, a-t-elle accepté la disgrâce physique de Soléa et considéré que l'essentiel était la beauté intérieure, elle qui aura consacré une grande partie de sa jeunesse à peaufiner et entretenir sa propre perfection physique ?

A-t-elle aimé Soléa au-delà de sa laideur ? Malgré sa laideur ? *A cause* de sa laideur ? L'a-t-elle démesurément aimée, cette enfant repoussante, l'a-t-elle *sur*aimée, je ne dirais pas *excessivement*, car je crois que l'amour, si fort et si violent soit-il, n'est jamais excessif, l'a-t-elle aimée plus que tout au monde *parce qu*'elle était démesurément laide ?

Tandis que moi…

Ou alors a-t-elle commis l'acte de m'enfanter en toute inconscience ? Parce qu'elle a bu un verre de trop, fumé une taffe de trop et qu'elle a envoyé valser la réalité pour plonger dans l'euphorie de l'existence. Dans de telles circonstances, oui, mes parents perdus dans des paradis artificiels auraient pris tous les risques. Sans savoir qu'ils les prenaient, sinon… Je ne serais probablement pas là. Ça leur va bien de se retrouver dans des mondes virtuels, à narguer la réalité.

Il n'y a que dans ces conditions, d'ailleurs, que l'on peut défier la réalité. En s'y soustrayant. Le reste du temps, on s'en accommode.

A moins que je ne doive mon existence qu'au hasard. Une pilule oubliée, un mari trompé, des règles déréglées, un avortement avorté. Ou peut-être suis-je l'ultime résultat de fausses couches répétées au fil des ans. Oui, peut-être que l'écart d'âge entre ma sœur et moi n'est pas du tout volontaire mais accidentel. Peut-être que j'aurais pu, que j'aurais dû, si la nature avait été conciliante et non hostile, naître plus tôt. Auquel cas, inévitablement, j'aurais été quelqu'un d'autre que moi-même.

J'ignore tout des circonstances de ma naissance. J'ignore tout de la raison de notre écart d'âge. Je ne sais pas si ce délai est délibéré ou fortuit.

Je ne suis pas curieuse. Je ne pose pas de questions. On ne me donne pas de réponses. Puisque personne ne répond aux questions que je ne pose pas. Et mon existence se déroule entre les murs de cette extrême cohérence.

Je ne suis pas curieuse. Je ne veux pas savoir. Je préfère inventer des scénarios, des scénarii, comme on dit, mais très peu de gens disent comme ça. Et choisir celui qui me convient, qui m'arrange, en fonction de mon humeur et des circonstances du moment. Ainsi, je ne suis pas prisonnière, ni de mon passé, ni de sa charge significative.

Je suis libre. La plupart des gens passent parfois une vie entière à tenter de se libérer des chaines de leur histoire. Moi non. Je n'ai aucun besoin de me libérer de quoi que ce soit puisque rien ne m'enchaine. L'inconnu me préserve. Je vis dans l'ignorance, donc dans l'invention. Je ne suis pas mythomane mais je me construis des mondes imaginaires, des histoires possibles, des passés à différentes variables. Et si je suis dans l'erreur, cela n'a strictement aucune importance, puisque si je me trompe, je ne le sais pas. Etant donné que je ne dispose pas des informations requises.

Ceci est mon monde.

Mon monde parfait.

J'étais si jolie qu'elle a peut-être pensé que je n'avais pas besoin d'amour, ma mère. D'*expression* d'amour. Ou alors m'a-t-elle haïe parce que j'étais belle et que ce simple fait, malencontreux et involontaire, gravait sur sa peau de mère les stigmates même de l'injustice maternelle.

Sans nous éterniser sur le physique disgracieux de ma sœur, élaborons brièvement, quand même, pour que chacun puisse se représenter la chose, une esquisse de son visage. Sa silhouette est si banale qu'elle ne retient guère l'attention. Son corps, c'est un corps, rien de plus, deux bras, deux jambes, un tronc. Il n'y a rien à dire sur ce corps qui lui-même n'exprime rien. Son masque facial, par contre, est un monde à lui tout seul. Un monde brisé.

Soléa a un visage émacié, presque triangulaire. Des tempes larges s'acheminent vers des joues aux pommettes saillantes lesquelles s'étrécissent et se creusent jusqu'à sa mâchoire ferme et anguleuse qui durcit ses traits ingrats. Une tête de reptile, sournois et meurtrier. Son menton proéminent, lancé en avant, prêt à l'attaque, lui donne un air agressif. Soléa, toujours prête à mordre.

Mordre la vie à pleines dents.

Une bouche démesurément gigantesque ouvre et ferme son clapet d'un bout à l'autre de ce visage répugnant.

Ma sœur est une grande gueule.

Alors sa bouche lui va bien. On peut considérer que ce trait physique est en harmonie parfaite avec sa personnalité.

Si l'on peut parler d'harmonie au sein d'une telle disgrâce.

Mais ce format XXL est sans doute un atout quand on a tant de choses à exprimer. Ma sœur souffre d'une incontinence de la parole, probablement soulagée par cet attribut physique si particulier. Si dérangeant. Si perturbant. Moi qui suis économe de mots et souffre d'une avarice de l'expression, laquelle se traduit par un langage constipé, je peux tout à fait me contenter d'une bouche fine et discrète aux lèvres brodés de silences.

Sans faire la fine bouche.

Mais pas elle. Et je me demande parfois si sa laideur n'est pas simplement l'expression de sa douleur. Parfois. Parce que la plupart du temps, sa laideur n'est rien d'autre que ce qu'elle est : une infame réalité.

La chair fragile et translucide de ses joues est percée de minuscules vaisseaux sanguins que ma mère s'appliquait à camoufler avec des fonds de teint. Quand elle était petite. Pour l'école. La mascarade, sa parade. Sa pathétique, son inutile parade.

Des sourcils à peine dessinés, des cils invisibles, des cheveux ternes et indisciplinés, masse capillaire extravagante qui cache son cou long et maigre de poularde et son front large.

Et les yeux. C'est le pire pour moi. Des yeux d'une couleur animale, inhumaine. Clairs, vert d'eau, presque jaunes. Un regard figé, glaçant, terrifiant, dont je n'ai jamais, *jamais* supporté la pesanteur. Ma sœur fixe le monde d'un air atterré, comme si ce n'était pas vrai. Le monde. L'iris immobile stagne à l'intérieur d'un globe oculaire circulaire. Les yeux de ma sœur sont ronds ! Ronds comme ceux du tarsier. Mais l'effet n'est pas le même, ah non. Alors que le singe abhorre une expression tendre et inoffensive, les yeux globulaires de ma sœur lui confèrent un air complètement abruti et incrédule. Un regard stupide.
Soléa, c'est un visage de vipère avec une bouche de grenouille et des yeux de tarsier.

On peut aisément comprendre, dès lors, les perturbations générées par ce *physique atypique*, comme dit ma mère pour amoindrir les maux. Moi qui ai grandi aux côtés de cet être à l'apparence monstrueuse, dans l'ordinaire normalisé du quotidien, je ne peux malgré cela échapper au trouble que sa vue m'occasionne. Et si j'accueille ses traits disgracieux sans réticence, en revanche, je ne supporte ni ses yeux, ni sa bouche. L'immobilisme du regard vide associé à l'excessive volubilité de la parole déversée par l'obscène orifice engendrent un malaise et une répulsion pour ma part incurables. Sans doute suis-je incapable de tolérer le regard qu'elle pose sur moi. De même que je ne peux entendre les flots de mots qui jaillissent de ses lèvres licencieuses. Sans doute. Quoique le plus difficile pour moi, c'est à coup sûr ce qu'elle ne dit pas. Que j'entends parfaitement.

Ce devait être bref, lapidaire, mais j'avoue que j'éprouve une véritable complaisance à disséquer la laideur de ma sœur. Je me délecte de l'évocation de ses traits hideux. N'y voyez aucune méchanceté de ma part. J'adore ma sœur. Je la vénère.

Certes elle est si moche qu'il en devient gênant de la côtoyer. Pourtant être à ses côtés relève du plaisir absolu. Parce que bien sûr, comme c'est souvent le cas, elle compense sa laideur exceptionnelle par un esprit brillant. Elle est vive, drôle, intelligente. Elle fascine.

J'adore ma sœur. Je la vénère. J'admire sa subtilité, sa vivacité, sa maitrise de l'expression, sa bienveillance naturelle, son écoute sincère, sa disponibilité envers les autres. Son attention sincère portée aux problèmes des autres. Soléa est toujours là pour eux, toujours. Tandis que je m'esquive à la moindre confidence, incapable de poser un regard sur la vie des autres, d'y projeter la moindre de mes pensées. Elle manie le langage à la perfection, ses mots cisaillent les sentiments, dissèquent les émotions. Elle est vivante comme je ne le serai jamais.

Soléa déploie ses rayons autour d'elle, tels un virus arborescent qui se répand et condamne les autres à la contamination. Je ne connais personne, absolument personne, qui a rencontré cet être étrange qu'est ma sœur et qui n'a pas instantanément, instinctivement adhéré à son esprit pétillant. Soléa séduit de l'intérieur et par je ne sais quel miracle ou quel mystère cela gomme l'incontournable triangulation vipère-grenouille-singe. Ma sœur est contagieuse, et de fait, extrêmement dangereuse. Elle a une vie sociale exacerbée, des amis à ne plus savoir les compter et même des hommes qui l'aiment… Elle jouit d'une vie qui ne m'a jamais procuré le moindre orgasme.

Je suis son contraire. Ma beauté surnaturelle me place en quarantaine et fait de moi une sorte d'alien dont les tentacules en quête de proies se replient immanquablement sur moi-même et m'emprisonnent dans ce corps qui fait barrage à tout esprit. Qui dissimule tout le reste. Je suis figée dans ma tour d'ivoire. Peuplée d'êtres qui ne voient rien. Qui ne voient rien de moi. Puisqu'il n'y a strictement rien à voir.

Je suis un élément du décor. Un beau tableau. Rien de plus. Un tableau si parfait qu'il n'a pas de prix.

C'est le cas de le dire.

Je n'ai pas de prix.

Je ne vaux rien.

Les hommes m'aiment pour ce que je suis. Une fille superbe, aux traits fins et au visage délicat empreint de douceur. Tout en moi exprime la gentillesse.

Ma mère m'a dit un jour que j'étais méchante.

Elle a raison. Mais personne ne le sait.

Tout le monde la prend pour une folle. Ou pour une mère injuste. Incapable d'assumer cette double maternité aux fruits opposés : la beauté et la laideur. Contrainte d'équilibrer ces deux extrêmes pour tenter d'éradiquer les différences. Occupée à me dénigrer, moi, pour minimiser ma supériorité physique et favoriser l'émergence de l'esprit de ma sœur. Sa part d'invisible qui dépasse tout, qui supplante tout, qui nous aveugle tous et qui fait que son aspect repoussant n'a plus aucune importance, aucune incidence, sur ses relations. Puisqu'on l'apprécie au-delà de ça. Puisque ça ne compte pas.

Alors que chez moi, il n'y a que ça qui compte.
Il n'y a que ça de toute façon.
On m'aime pour ce que je suis.
Je croyais être quelqu'un d'autre pourtant.
Je savais que j'aurais pu être, j'aurais *dû* être quelqu'un d'autre.
J'adore ma sœur, je la vénère, comment pourrait-il en être autrement. Et je suis *vénère*…

Soléa est contagieuse comme le rire, l'amour, la paix, le soleil et la lumière. Si l'on se risque à la contamination, ce sera une épidémie de bonheur.
Anna est complétement inoffensive. Isolée en elle-même, à l'écart des autres, sa solitude ne devrait pas impacter le monde autour. Pourtant elle fait du mal.

L'enfance, promesse non tenue

Pourtant, je ne suis pas une personne mauvaise. Mes actes sont conformes à mon apparence : en quête de perfection. Tout ce que je fais, je le fais pensant bien faire. Dans l'intention de bien faire. Mais j'ai réalisé assez rapidement que *bien faire* ne signifiait pas *faire le bien*. Absolument pas. Cela pouvait même avoir des répercussions parfaitement contraires.
Bien faire, cela s'apparente à faire les choses qui servent mes intérêts personnels, de quelque ordre qu'ils soient, affectifs ou économiques. Je n'ai pas détecté d'autres

pôles d'intérêt dans ma vie que ces deux-là.

Et d'aussi loin que je me souvienne, je me suis toujours appliquée à tirer le meilleur profit des circonstances. N'est-ce pas le cas de tous ?

J'étais une enfant plutôt passive et très effacée. L'ombre de ma sœur solaire planait depuis toujours sur mon existence. Dans le cadre familial, j'étais timide et maladroite, je m'exprimais peu, et quand je parlais, la plupart du temps, c'était pour ne rien dire. Soléa seule comptait, retenait l'attention de mes parents. Son aspect repoussant implorait la protection, son esprit vif suscitait le respect et l'admiration. Ils étaient là pour moi aussi, cajolant ma beauté en m'enjoignant gentiment de ne pas l'exhiber, m'apprenant la bonté et l'abnégation comme jamais ils ne me les auraient enseignées si je n'avais eu une sœur handicapée par la nature et dont il fallait forcer l'acceptation. Ils étaient là. Ils ont toujours été là, me laissant évoluer entre reproche implicite et culpabilité inavouée. Je sais bien, je *sens* bien cette réticence affective à mon égard, comme s'il fallait éviter d'en faire trop, comme si le minimum c'était déjà trop, comme si me témoigner tendresse et reconnaissance pouvait porter préjudice à ma sœur. Ils n'ont pas pris ce risque. Jamais. Et je sens encore sur ma peau de femme le souffle du désamour me parcourir l'échine. J'en frissonne encore aujourd'hui. Ces voix douces et apaisantes qui quémandent ma compréhension, qui mendient ma tolérance.

-Tu as tout, toi. Pas comme ta sœur. Ce sera difficile pour elle de se faire une place dans la société, de se faire aimer, respecter. Ta sœur, elle est, elle sera exposée aux brimades et aux moqueries ; elle est, elle sera

victime du rejet et de la méchanceté des autres. Toi tu as tout. Tout pour réussir. Tu as beaucoup de chance. Tu verras, ce sera facile pour toi. Tu n'auras pas à lutter pour conquérir le monde, comme elle, pour t'épanouir dans l'existence, comme elle. Tout te sera acquis avant même que tu ne le demandes. Ta vie sera une offrande, une friandise dont tu ne feras qu'une bouchée.
Sans doute que ça explique des choses, sans doute…
Ils m'en veulent.
Ils m'en veulent d'avoir tous les atouts en main pour gagner la partie. Ils savent que je la gagnerai, la partie. Le jeu de la vie. Et moi, je suis coupable d'être la chanceuse. Je n'y suis pour rien, je n'ai commis aucun crime, mais je suis coupable. Et quand on veut rétablir un équilibre, quand on veut se faire croire qu'on est juste, on pénalise toujours celui qui a une longueur

d'avance. On l'handicape, on le désavantage, pour laisser une chance à l'autre de le dépasser. Mes parents m'ont laissée sur la touche, pour le prétendu bien de ma sœur. Et moi, j'y suis restée. Je me suis retranchée derrière le bouclier du silence.
Et j'ai grandi dans l'inintérêt général.
J'étais totalement inintéressante.
La vie ne fera qu'une bouchée de moi.

A l'école j'étais une autre. J'étais moi. Délivrée de la présence ombrageuse de ma sœur solaire, étant donné que nos douze années d'écart ont séparé nos parcours scolaires, je me suis épanouie en pleine lumière. Livrée à elle-même, mon individualité s'est exprimée en toute franchise. J'étais exigeante, directive, sournoise, menteuse, moqueuse. Sous des apparences angéliques se dissimulait une nature sadique. J'enrobais mes *camarades*, comme on dit à l'école ou à l'armée, c'est pareil, un rassemblement de bons petits soldats, de mots doux et de bons sentiments, pour dépecer ensuite nos amitiés avec toute la cruauté dont j'étais capable. Malgré quelques vagues suspicions, dûes uniquement à la récurrence suspecte de problèmes relationnels toujours identiques, je n'ai jamais été inquiétée ni punie des actes que j'avais commis et que l'on n'a jamais pu m'attribuer formellement. Les vilains petits soldats qui m'entouraient n'ont jamais fait le poids face à mes yeux de biche larmoyants, incrédules et tétanisés à l'énoncé des horreurs dont ils m'accusaient.

La beauté est une arme redoutable.

Que j'ai appris à manipuler à l'école.

On apprend tant de choses à l'école...

Je n'ai pris aucun plaisir à faire du mal aux enfants qui m'avaient gratifiée de leur amitié et je ne me suis pas livrée à des actes de cruauté par méchanceté. Plutôt par dépit. Certainement aussi par vengeance.

Je leur ai fait du mal parce qu'ils m'en ont fait. Pas plus. Ce n'est pas ma faute.

Je leur ai fait du mal parce que j'ai bien vu qu'après avoir sollicité ma compagnie, mon amitié, ils se désintéressaient rapidement de moi. C'est l'unique scénario de ma vie. Tantôt ils sont irrésistiblement attirés par mon apparence avenante et engageante, et ils s'accrochent alors à moi comme des sangsues. Fiers autant qu'ils peuvent l'être que je leur accorde mon attention puis que je partage leurs jeux. Tantôt ils sont si impressionnés qu'ils n'osent m'aborder. Alors, je tends mes filets. Je pêche

A la ligne.

Je les appâte avec des œillades encourageantes et des sourires enjôleurs. Une fois qu'ils ont mordu à l'hameçon, je les ferre avec fermeté et ils me sont acquis. Conquis.

Puis nous nous alliions dans nos jeux espiègles et nos effusions enfantines. Nous nous inventions des liens sacrés et des amitiés éternelles. Scellés à jamais par quelques crachats cérémonieux. *A la vie à la mort*. Juré craché. Mais nos impérissables alliances succombaient vite à l'implacable loi du temps. Il suffisait de quelques semaines, quelques jours seulement, parfois, pour que l'attrait de la nouveauté batte en retraite sous les assauts de l'habitude. Je ne me lassais pas de ces contacts amicaux tandis que les enfants se détournaient progressivement de moi pour nouer d'autres amitiés. Sans scrupules. Sans indulgence. Et surtout sans regrets. Alors, rompant nos serments gravés par des rituels de sacrifice secrets, frustrée de l'indifférence des

armées d'enfants déserteurs, et vexée de leur désintérêt à mon égard, j'adoptais des airs de pimbêche pour bien leur signifier mon dédain. Et à chaque occasion, en toute discrétion, je les pinçais, les mordais, les faisait tomber violemment en leur faisant des croche-pieds. Pendant la récréation, lorsqu'ils couraient à toutes jambes pour se défouler, le plus vite possible pour gagner, je tendais nonchalamment un pied, l'air innocent, pour qu'ils s'affalent brutalement au sol. Ils saignaient des mains, des genoux, il y en a même une qui s'est cassé le nez et deux dents, lors d'une chute particulièrement brutale que j'avais provoquée. Je les haïssais autant que je les avais aimés. Je reniais mon attachement sincère, et ma seule parade face à leur trahison fut de les blesser. De leur faire mal.
Ils ont dit que j'étais méchante.

Tapie derrière ma beauté candide, ma méchanceté était invisible. Et invincible. Personne ne les a crus. Mes parents même m'ont soutenue et ont tenu tête à ces accusations outrancières avec une sincérité désarmante, convaincus en toute honnêteté que rien dans mon comportement ne pouvait laisser présager l'existence de tels actes. Ma mère sait pourtant que je suis méchante. Elle l'a détecté précocement. L'instinct maternel sans doute. Mais elle était bien incapable de concevoir un passage à l'acte. Elle est victime d'une fâcheuse tendance à vivre par procuration, alors la réalité ce n'est pas son fort. La réalité, pour elle, cela relève de l'irrationnel. Ma méchanceté est un concept. Une tournure de mon esprit.

Moi, je sais bien que je ne suis pas méchante par nature. Je suis comme Kahraba la sorcière. Je suis méchante parce que j'ai mal. Et aucun Kirikou à ce jour n'est parvenu à me retirer l'épine plantée dans mon cœur. Aucun être solaire ne m'a délivrée de ma douleur. C'est normal, Kirikou n'existe pas. Je suis condamnée à la souffrance, et je suis moi-même la première victime de ma méchanceté. Alors, on ne peut pas m'en vouloir. Ce n'est pas ma faute.

J'ai grandi ainsi, dans cette douleur silencieuse et inexprimée, à l'ombre d'une jeune fille en pleurs.
Soléa a quitté le domicile familial à l'aube de mes douze ans. Ses études achevées, elle est partie vivre à Paris pour exercer la médecine. Psychiatrie.
…
Ma sœur est psychiatre.
Sans doute que ça dit des choses, sans doute…

Elle aurait pu se spécialiser en chirurgie esthétique, un truc utile. Je ne dis pas ça par méchanceté, pas du tout, mais bon, cela aurait été un choix pertinent. Profitable. Salutaire, même. Mais non. Il a fallu qu'elle soit psychiatre.

Ma sœur est psychiatre. Elle scrute le mental. Observe l'invisible et fait parler les silences. Traque les déviances et fait hurler l'indicible. Cela me terrorise. Sait-elle qui je suis ? A-t-elle cerné, derrière ma bonté naturelle, ma propension à la cruauté ? A-t-elle compris les failles camouflées derrière mon attitude froide et arrogante, ma réserve ? Connait-elle mon ressentiment à son égard ? Mesure-t-elle la fascination qu'elle exerce sur moi ? Peut-elle exorciser les pensées qui me hantent ? Peut-elle me délivrer des blocages qui m'empêchent d'accéder aux tréfonds de moi-même, qui me contraignent à une superficialité dont tout le monde se détourne ? Peut-elle faire ça ? S'est-elle passionnée pour l'étude de la pensée humaine *à cause* de moi ? Aurais-je tant d'importance, finalement, aux yeux de quelqu'un. Aux yeux incrédules de Soléa, décidée à décrypter un monde qu'elle ne comprend pas. Peut-être suis-je quelqu'un aux yeux de ma sœur.

Quelqu'un de mauvais.

Est-elle partie pour me permettre d'exister sans le fléau de sa présence ?

Est-elle partie pour se sauver de moi ?

Après l'enfance le cimetière des rêves

Elle est partie. Pour ne revenir parmi nous qu'épisodiquement, au gré de ses envies et des ses disponibilités. C'est elle qui décide. Et tandis qu'elle s'applique à devenir une étrangère, en s'émancipant du carcan familial, je traine dans une adolescence désœuvrée. J'erre dans ma solitude muette.
Je suis une adolescente sage et conciliante. Pétrie de douceur, fardée de gentillesse et vêtue de timidité. Comme lors de mon enfance, je suis incapable de nouer des relations d'amitiés, bien que je dispose d'une *meilleure amie*, d'une unique amie en fait,

puisque c'est la seule qui accepte d'établir un lien durable avec moi. Mes parents y sont pour beaucoup, dans la mesure où ils sont eux-mêmes les meilleurs amis de ses parents à elle. Oui, mes parents possèdent, en plus du reste, toute une panoplie sociale, les connaissances, les collègues, les copains, les amis, et les *meilleurs* amis. Ce n'est pas pour cela qu'on les aime davantage, mais bon. C'est pratique. Ça peut toujours servir. L'argent de mes parents est aussi pour beaucoup dans la pérennité de notre relation, puisqu'il permet d'associer Maëva, ma meilleure amie, à des tas de projets. Maëva est ainsi sollicitée pour me tenir compagnie, et systématiquement conviée à nos sorties diverses, allant du resto-ciné aux vacances à l'étranger. Maëva ne sait pas du tout où se situe l'étranger, sous quelle latitude, à quelle longitude, mais elle est partante pour tous les ailleurs. Alors, elle est toujours là, bien sûr, ma meilleure amie. L'argent, ça aide, ça compense, ça achète. J'ai appris ça très jeune aussi. L'expérience.

Et sans doute que ça dit des choses, sans doute…

Ensemble, nous partageons des confidences, rien de bien intéressant ni même consistant. Nos vies sont si vides, nos pensées si creuses, nos idées si pauvres. Ni l'une ni l'autre n'avons de petit ami, nous sommes sans doute au-dessus de ça, du moins nous nous efforçons de nous en convaincre. La simple désignation nous en écarte. Nous ne voulons pas de *petit* ami, *meilleur*, c'est bien mieux, c'est ce que nous faisons semblant de croire, c'est bien plus élevé. Ne nous abaissons pas. Nous n'avons pas d'idéaux, d'idéologies, toutes ces choses plutôt réservées aux personnes dépourvues d'argent. Ou aux personnes

comme Soléa, riche héritière d'une fortune dont elle n'a que faire, parce qu'elle préfère s'envoler le cœur léger que porter le fardeau de la richesse. Moi je n'ai que l'argent. Et le cœur si lourd que l'argent sera ma béquille, le seul moyen de soutenir le poids de mon existence.
Ma vie de rêve où tout m'est acquis.
Ma vie de rêve dont personne ne voudrait.
Sans doute cela explique des choses, sans doute...

Mes parents me paient des études que je ne fais pas. A quoi bon les études, si c'est pour avoir un bon métier bien rémunéré. De l'argent, j'en ai. Avant même les études, avant même l'éventualité d'un emploi. Alors je n'ai pas besoin de tout ça. J'ai déjà tout.

Mes parents me paient des voyages. Et je voyage longtemps, souvent, partout.

Cela aurait pu m'ouvrir l'esprit, me donner des envies d'ailleurs. Mais non. Chaque départ n'a fait que conforter mon désir de retour. Je suis même partie *pour le seul plaisir* de revenir. Retrouver les visages souriants et impatients de mes parents à l'aéroport. Là, j'éprouve toujours la même plénitude, la même satisfaction. Je suis arrivée.

Je ne ramène rien de mes voyages, je ne m'encombre pas de souvenirs. Moi qui ai déjà si peu de propension à investir le présent et à inventer l'avenir, à quoi bon s'embarrasser de ce qui est achevé ?

Je ne prends pas de photos. Je n'apprends rien. Je ne retiens rien. *Les voyages forment la jeunesse*, dit-on. Quelle boutade ! Je me déplace d'un point à un autre de la planète sans que rien, jamais, ne me transporte…

Soléa, elle, aurait été émerveillée par le spectacle du monde. Elle se serait révoltée de la misère des hommes, se serait engagée dans tous les combats pour la vie. Pour préserver, pour aider, pour réparer. Elle se serait passionnée pour les causes à défendre, aurait participé à la sauvegarde des tortues des Galapagos, par affinité reptilienne peut-être. Je ne dis pas ça pour être méchante, mais je ne peux pas m'empêcher de la sortir, ma petite pique, ma petite réflexion blessante, mon trait d'esprit offensant. Je ne peux m'empêcher d'être comme ça, puisque c'est *comme ça* que je suis. Contre mon gré. Juste pour faire mal parce que j'ai mal. J'aurais tant aimé parcourir la terre avec ma sœur dont la vue me révulse. Soléa se serait enrichie des couleurs du monde et de la découverte. Tandis que moi, enfin, mes parents, ont juste dépensé un billet d'avion, l'hôtel, les excursions, … Le coût du tourisme.

Mais il n'y a aucune plus-value pour moi.

Je me sens si vide.

J'aimerais tant exister, *ressentir*, m'intéresser au monde. Aux autres. Mais rien.

Il n'y a rien en moi.

Même pas l'embryon d'une conscience.

L'enfant

J'ai deux filles.
Deux embryons de vie qui sont un jour venus combler tous les néants de mon existence.
Deux avortons, deux êtres qui me procurent une absolue plénitude.
Je n'ai plus besoin d'exister, puisqu'elles sont là.
Peut-être que ça dit des choses, peut-être…

J'ai deux filles. Respectivement âgée de quinze et sept ans. Deux sœurs. Elles ont huit ans d'écart. Pas douze. Précision pour éradiquer la tentation des interprétations faciles, encouragées par d'hasardeuses similitudes entre l'histoire de mon enfance et celle de ma maternité. A l'instar de ma mère, je n'ai pas choisi le sexe de mes enfants. Je ne suis maître ni du hasard probable, ni d'une éventuelle destinée.

Huit ans, cela reste un écart important, malgré tout. Difficile à gérer. Les besoins ne sont pas les mêmes, les contraintes sont doublées, d'autant que j'assume seule le quotidien de mes enfants, dont les pères respectifs m'ont rapidement quittée. Malgré… Malgré.

Je m'adapte. Bon gré, mal gré.

Je me consacre entièrement à elles.

Et ma dévotion est totale.

Mes deux filles. Ces deux sœurs. Je jongle avec entrain entre enfance et adolescence, m'appliquant à créer des conditions optimales pour favoriser leur épanouissement, travaillant tous les jours à leur fabriquer du bonheur. Terrorisée à l'idée d'échouer dans ma mission maternelle, moi qui eus si peu de propension à la joie en ces instants privilégiés des débuts de vie. Pourvu que… Pourvu que.

Naïs, c'est l'ainée. Elle est née d'une de mes rencontres à l'étranger. Pendant ces années où, à défaut d'études et de travail inutiles, je parcourais tout aussi inutilement le monde. J'errais sur la planète, en quête de quoi, je l'ignore. En quête de hasard, peut-être. Et, au détour d'une circonstance, j'ai croisé Antonin, jeune français intermittent du vagabondage. Pourquoi pas ? Mon cœur est sec comme la terre en souffrance sous un été en Provence, mais mes yeux sont conviviaux et mon corps réceptif. Je n'ai pas eu besoin de plus pour susciter son intérêt. J'ai fait comme toujours. Je me suis servie de ma beauté, cet instrument diabolique qui m'a tant desservie…

Le contexte favorable a fait le reste. Le contexte favorable, c'est la carte postale d'un inaccessible ailleurs. Une de ces soirées nonchalantes dans la paix du monde, à l'autre bout de la planète. Une plage déserte à la tombée du jour, dont le silence onirique se pare de notes de musique lointaines. Où les corps s'allongent dans la tiédeur enveloppante du sable fin que la nuit recouvre pudiquement. Les doigts entrelacés. Les lèvres entremêlées. Les regards perdus dans le vague d'un inaccessible horizon. Les pensées emportées dans la vague d'une douce émotion. Et l'âme portée par le lent mouvement de l'eau cristalline que même le crépuscule naissant ne peut assombrir.

Le gros cliché.

Une plage au bout du monde.

Une téquila.

Quelqu'un. A côté. Tout contre soi.

Et l'abandon. De soi.

Une de ces soirées où l'on flâne dans l'existence.

Là où *tout n'est qu'ordre et beauté*
Luxe calme et volupté

Une soirée où l'on frôle la plénitude. Où l'on est prêt à croire à tout.

A la vie.

A l'amour.

Et qui nous embarque dans un irrémédiable naufrage.

La grosse arnaque.

Mais l'enfant est là. La bouée de sauvetage. Qui nous permettra de ne pas couler, de garder la tête hors de l'eau, de reprendre notre souffle. De regagner le rivage.

Je rentre en France avec sa fille, il reste là-bas. Sans doute retournera-t-il demain, après demain, un autre soir, un soir comme les autres, sur la plage au sable fin, à siroter une téquila, aux côtés d'une silhouette féminine évanescente comme la nuit qui les enveloppe pour quelques heures.

Je retrouve mes parents. Il me faut un logement, un boulot. J'ai un enfant à élever. Et des choses à leur faire payer.

Ils payent. Comme toujours. Mes parents sont de bons débiteurs. Ils m'assument en tant que créancière, et le soutien financier qu'ils m'accordent les dédouane de tout ce qu'ils ne me donnent pas. Toutes ces choses immatérielles qu'ils ne possèdent pas et qui ne s'achètent pas. L'amour, l'estime, l'intérêt. Tout ce qu'il me manque. Tout ce qu'il me manque pour exister et m'épanouir dans la vie. Tout.

Alors ils payent. Ils m'aident, mes parents. Ce sont de généreux contributeurs, soucieux d'assurer mon aisance matérielle et d'assouvir mes moindres désirs. Désirs monnayables, j'entends. Ils m'achètent une maison, que je ne choisis pas mais qui est parfaite pour ma vie telle qu'ils se la représentent. Ils financent une voiture électrique, c'est plus cher, mais cela revient moins cher, alors, très fiers de décoder les contradictions du monde moderne, ils investissent dans le paradoxe. Ils m'offrent une boutique pour me garantir une indépendance professionnelle, pour que je ne sois pas assujettie aux désidératas d'un employeur tout-puissant. Et aussi parce je ne n'ai ni le moindre diplôme ni l'ombre d'une expérience professionnelle… Je serai donc patron d'une entreprise. Qu'ils géreront pour moi, tandis que je ferai de la figuration. Moi, je n'aurai qu'à vendre. Et à m'installer ainsi dans une vie où tout ne sera qu'ordre et beauté. Luxe calme et volupté. Les mêmes mots. Les *mêmes* mots. Qui ont perdu tout sens.

Je prends tout ce qu'ils me donnent. Sans éprouver une quelconque reconnaissance à leur égard. Sans aucun scrupule. Ils me doivent tant ! Moi qu'ils ont sacrifiée sur l'autel de Soléa.

Elle n'a rien. Absolument rien d'eux. Elle ne veut rien. N'a besoin de rien. Rien qui ne s'achète. Soléa gagne bien sa vie, elle et son mari s'assument complètement.

Il parait qu'elle va bien. Qu'elle est contente pour moi. Cela fait si longtemps que je ne l'ai pas vue. Mes incessants départs ont empêché nos rares retrouvailles. Je n'ai vu que les photos des instants fugaces que mes parents s'empressent de figer à chacun de ses séjours chez nous. Toujours aussi moche. Toujours aussi gaie. Je ne comprends décidemment pas. Et j'essaie de chasser ce malaise insidieux que me procure systématiquement la vue de la joie franche de leurs retrouvailles, de leur aisance, de leur bonheur. J'essaie de refouler cette espèce de … dépit ? Je n'ose formuler le mot de *jalousie*, je ne veux pas, je ne peux pas être jalouse de ma sœur, c'est une évidence, non ? Pourtant, ce ressentiment, cette colère, cette douleur, cette immense sensation de solitude, ça ressemble tant à de l'envie…

Sans doute que ça dit des choses, sans doute…

Des instantanés qu'ils conservent précieusement dans l'album familial qui rassemble les plus belles images de notre histoire.

Soléa est mariée. Elle a deux enfants, une fille et un garçon. Un époux, une progéniture : des attributs dont je ne peux même pas concevoir l'existence. Je suis incapable d'imaginer, de supporter même que ma sœur puisse être une amante. Cela dépasse ma raison. De même que je ne peux l'envisager dans une maternité comblée et épanouie. Je suis horrifiée qu'elle puisse aller attendre ses enfants aux bouilles adorables aux grilles de l'école, évoluant sans complexe et, j'en suis convaincue, avec naturel et aisance, dans le cercle jacassant des mères. Effarée qu'elle puisse recevoir les copains à la maison, parce que c'est comme ça qu'elle vit, Soléa, au milieu des autres. Et tout ça sans n'éprouver aucune gêne ? Cela dépasse mes facultés d'entendement. Je suis tétanisée par tant d'impudeur. Jalouse, aussi, disons-le, même si ce n'est pas possible. Parfois, il faut croire que les choses existent bel et bien, même si elles sont impossibles.

Je vais avoir un enfant, une maison, un magasin rien qu'à moi, et Soléa est contente

pour moi. Cela devrait me combler, ou tout au moins me déculpabiliser. Pas du tout. Ça m'enrage.
Sans doute que ça dit des choses, sans doute ?

Naïs a quinze ans et tout son être porte la maussaderie de son âge. Elle affiche la moue boudeuse de l'Adolescent, le regard furieux ou indifférent, les épaules voutées, le pas traînant. C'est une très jolie fille, dont la beauté exotique ne compense pas l'humeur chagrine. Mais je lui apprends à sourire à la vie. Comme moi. Et même si mon sourire bienveillant n'est que façade, je m'applique de toutes mes forces à *faire semblant d'être sincère*. Car je n'aspire qu'à son bonheur.
Je lui ai déjà transmis des tas de choses. L'amour des animaux, le dédain des hommes, les atouts et stratèges de la beauté. J'adore ma fille, je comble ses

envies au-delà de ses attentes, je devance ses désirs avant même qu'elle ne les formule, avant même qu'ils n'existent. J'invente pour elle. Je devine pour elle. Je pense pour elle.

Je vis pour elle.

Si elle veut un blouson, je l'habillerais de la tête aux pieds, avec ma carte de crédit complice. Si elle veut un chaton, elle en aura deux. Je fais trop, délibérément, avec juste l'intention que ce soit assez. Ce n'est jamais trop, m'a-t-on asséné depuis toujours. J'applique ce précepte à la lettre, même si je me rends compte que sur un plan éducatif, trop, c'est trop, et pas assez, ben, c'est pas assez. Mais je persiste. Je persiste alors que je *sais* que ce n'est pas bien pour elle. Pourquoi ? Pourquoi je fais ça ? Pas par méchanceté, quand même…

Oh, bien sûr, ça dit des choses, bien sûr…

J'adore ma fille qui me rejette. Qui, depuis toute petite, n'a eu de cesse de me malmener, de me mordre, de me pincer, de me gifler, de m'envoyer des coups de pieds.

Elle doit tenir ça de son père, supposent mes parents, inquiets, et reportant leur attention sur des choses plus aisées à gérer.

Naïs me ressemble et elle le sait. J'ignore comment mais elle le sait. C'est intuitif. Elle le *sent*. Nous entretenons une relation fusionnelle qui oscille dangereusement entre rejet et identification. Je lui cède tout, pour ne pas la perdre. Elle exige tout, elle prend tout, d'un air revanchard et jamais satisfait. Tout, ce n'est jamais assez.

Naïs est comme moi. Elle me déteste autant qu'elle se déteste. Et sait déjà, en m'observant, qu'elle ne saura jamais s'aimer.

La seconde naissance

Elina est née huit ans plus tard. Par hasard. Toutes les interrogations liées à ma propre naissance se sont cristallisées autour de cette grossesse inattendue. Parce qu'elle est survenue après plusieurs fausses couches et deux avortements, qui aurait pu sérieusement songer que mon corps se risquerait à héberger une nouvelle vie promise à la destruction ?
C'est arrivé.
Ma deuxième fille est venue au monde dans l'indifférence générale. Je l'ai accueillie avec réticence d'abord, me demandant comment j'allais pouvoir l'aimer, elle,

l'enfant de trop. Elle dont le père, une fois de plus, m'a abandonnée, n'ayant plus rien à découvrir ni à vivre à mes côtés. Lassé déjà, une fois l'exploration de mon corps achevée, de ma personne sans intérêt. Désabusé aussi de cette fécondation inopportune, ni choisie, ni désirée, ni maitrisée, lui qui est déjà le père de cinq grands enfants. Bientôt, dans le confort de son Irlande natale qu'il ne quittera pas, il ne se souviendra plus d'Anna, la ravissante jeune mère de famille venue seule passer un court séjour dans ce pays glacial, pour se reposer de sa vie de mère célibataire. Faire une pause et se réchauffer dans les bras d'un homme de hasard. Il oubliera le ventre plein comme le creux des reins. Ou pas. Moi, j'ai déjà oublié.

J'ai accouché seule, dans le doute et dans l'angoisse, de cette enfant orpheline de père. Je lui ai même inventé un prénom.

Incapable d'en attribuer un déjà existant, à ce petit être qui n'aurait pas dû exister. Incapable. Testant, pendant ces longs mois de maternité désœuvrée, la musicalité des sons, l'harmonie des lettres, étudiant les prénoms à la mode, les prénoms originaux, les anciens, les étrangers, les tendances à venir… Rien. Rien ne correspondait, ne pouvait correspondre à l'enfant que je portais. Et puis un jour, *Elina* s'est imposé. Un assemblage de lettres venu de nulle part, un point de rupture dans la nuit, un songe. Un songe que j'accueille au petit matin. Trois syllabes. Ce sera elle.

Un jour, alors qu'Elina, âgée de deux ans, jouait à mes côtés, seule, sage et concentrée, hors d'atteinte dans son univers imaginaire, les lettres de son prénom se sont mises à danser. J'ai réalisé qu'elles étaient l'anagramme d'*Alien*. J'ai désigné ma fille comme une étrangère. Sans le savoir. Sans le vouloir. Dans la douceur traitre de trois syllabes aux douces sonorités.

L'inconscient sans doute, qui s'est exprimé à mon insu.

Et quand l'inconscient rejoint la réalité, ben là, on se dit que *ça dit des choses, forcément, ça dit des choses...*

Parce qu'Elina a brisé la fusion entre Naïs et moi. Ma deuxième fille, d'une beauté à couper le souffle, a condamné le caractère unique de la première. Cette deuxième maternité m'a privée à jamais de l'exclusivité du lien que j'avais avec Naïs, auquel j'ai dû renoncer. Par amour pour Elina.

Pour l'amour que je *devais* à Elina.

J'en ai le souffle coupé.

Et le souffle coupé, pour un cœur qui bat si peu, cela devient vite un problème de santé.

A peine passé trente ans, me voilà déjà en défaillance cardiaque. Mon médecin, conciliant et compréhensif, même s'il ne comprend pas, parce qu'être compréhensif, c'est une posture professionnelle, pas une implication personnelle, mon médecin m'a prescrit des anti-dépresseurs. Les problèmes de cœur, ça donne la déprime, je sais. J'avale mes pilules sans rechigner. Moi, tout ce que je veux, tout ce que j'ai toujours voulu, c'est aller bien.

Les mères disent toujours que leur cœur s'élargit à chaque arrivée d'un nouvel enfant. Elles disent qu'il y a toujours de la place pour tous dans leur cœur. Pourquoi le mien n'est-il pas élastique, lui aussi ? Pourquoi ? Je suis sûre que le cœur de Soléa peut battre pour la planète entière.

Alors que le mien a tant de mal, tant de mal à palpiter pour sa propre existence.
Et je sais bien que ça dit des choses, je sais...

Elina l'étrangère vit à distance de sa sœur et moi. Elle n'est pas comme nous. Elle est joviale, épanouie, toujours gaie. C'est une enfant adorable. Une enfant facile, comme on dit. Une enfant dont on ne s'occupe pas. Elle s'autosuffit. Elle gambade dans son univers enfantin avec un dynamisme communicatif. Comblant par son enthousiasme toutes les failles affectives que le séisme de sa naissance a provoqué chez moi. Parvenant même à épuiser la maussaderie affichée de sa sœur et à lui décrocher quelques miracles de sourires.

Elle est curieuse de tout, elle a l'esprit vif et inventif, elle est juste et généreuse. Elle adore dessiner, danser, elle aime les mystères, les choses qu'on ne comprend pas, qu'on ne sait pas expliquer. Elle affectionne les animaux, a une passion pour les chats. Elle sait tout de leurs sept vies, leurs mœurs, leurs pensées secrètes. Elle voudrait tant un chat, mais ce n'est pas possible, Naïs en a déjà deux. Ce n'est pas juste, je sais, mais Naïs voulait un chien, je ne voulais pas, ou plutôt je ne pouvais pas assumer le fait de prendre un chien alors que je travaille et que j'aurais été dans l'obligation de le laisser seul deux jours et demi par semaine. Alors pour compenser sa frustration, je lui ai offert deux chats. Elle est contente, je crois, mais elle m'en veut quand même, parce que deux chats, ce n'est pas un chien. Et en plus, c'est moi qui ai choisi. Alors elle m'en veut, c'est normal. Je ne lui en veux pas.

Mais de fait, Elina, l'amoureuse des chats, n'en aura pas. Ce n'est pas juste, je sais.

Mais Elina s'accommode de la réalité et de ses injustices avec une facilité déconcertante. C'est pas grave, maman, j'en aurai quand je serai grande. J'en aurai un… deux… trois… dix ! Dix chats ! S'esclaffe-t-elle. Autant de chats que de doigts sur lesquels elle peut les compter. Elina, quand elle aime, c'est toujours par dix. Son maximum. Son nombre de doigts. Et moi, je suis toujours sidérée de cette sage bienveillance, qui fait que chaque problème n'en est pas un. Quoiqu'il arrive, tout va toujours bien dans le monde d'Elina.

Sans doute parce qu'elle pressent qu'il y a tant de choses plus graves, plus importantes.

Alors elle est heureuse, Elina. Sous le regard noir de sa sœur aînée. Et sous l'œil dépité d'Anna, qui voudrait tant ressentir fierté et admiration pour sa fille magique,

tandis qu'elle n'éprouve que ressentiment et …envie ? Jalousie ?
Ça dit des choses, je sais, ça dit des choses…
Anna, qui dit tant en disant si peu…

La vie de tout le monde

J'ai la vie de tout le monde. Rien ne me prédestinait à cela, semblait-il, et pourtant c'est un fait : j'ai la vie de tout le monde.

Quand on est enfant, on se projette dans un futur merveilleux, on imagine une vie débordant d'amour, d'exploits et d'héroïsme, une vie où les cœurs battent la chamade sans jamais s'épuiser. Je ne me souviens plus trop si je ressentais ça, petite, mais je le vois bien avec mes filles. Naïs a consacré une grande partie de son enfance à essayer d'être mieux que ce qu'elle n'était en réalité. Tandis qu'Elina, avec la spontanéité et l'enthousiasme de ses jeunes années, est parvenue, sans la moindre difficulté, avec une aisance proche de l'évidence, à hisser cette même réalité à la hauteur de ses rêves.

Quand on est ado, et ça je m'en souviens bien, parce que je ne l'ai pas vécu, on a coutume de se révolter contre les injustices de toutes sortes, on est prêt à se battre pour ce qui est juste, pour ce qui est en péril. On est prêt à tous les engagements pour exister. Pour réaliser ses rêves. Pour donner sens à sa vie. A *la* vie. Et moi, ça, je ne l'ai pas vécu. Peut-être parce que j'avais plus d'aptitude au renoncement qu'à l'espoir, plus de ressentiments que de rêves. J'étais docile. Naïs, elle, avec sa mine hargneuse et son regard chargé de colère, vit à fond son adolescence, je crois. C'est rassurant. Elle a des tas de combats à mener. Contre elle-même, déjà, parce qu'il faut qu'elle se batte, ma fille, qu'elle lutte pour ne pas devenir ce qu'elle est déjà. Une réplique de moi.

Si elle pouvait être quelqu'un d'autre, si elle pouvait…

Et puis après.

Et puis après, deux options. Deux trajectoires : soit on conserve l'exaltation de la jeunesse, soit on se laisse aller à l'abattement de l'*Adultie*.

Je n'ai pas eu de jeunesse exaltée. J'ai donc glissé, sans le choisir vraiment, dans l'ordinaire de la vie qui s'écoule et du temps qui passe. Un quotidien sans entrave et sans relief. Dans lequel je m'épanouis. J'aime ma vie. Vraiment. Elle est aisée, confortable, sereine.

J'aime vraiment ma vie.

Je compatis aux malheurs du monde sans que cela n'impacte le déroulement de mon existence. Cela ne m'indiffère pas, pas du tout. Mais… Je ne suis pas … concernée.

D'abord, en toute objectivité, je me considère totalement impuissante à participer à la résolution d'un quelconque problème. Que puis-je à la pauvreté, la faim, la guerre, toutes ces choses-là, moi qui ne suis ni diplomate ni chef d'état, qui ne gouverne ni le monde ni les hommes. Comment pourrais-je aider à endiguer *réellement* la misère humaine ? Par quels moyens pourrais-je contribuer à corriger les dérives des hommes ?

Ensuite, il faut bien avouer que malgré mes tentatives d'implication dans les histoires du monde, malgré les vains efforts que je fournis pour m'intéresser aux gesticulations humaines, tout cela ne m'affecte pas réellement. Mon atteinte est… abstraite. Je ne suis pas concernée.

Si je pouvais être quelqu'un d'autre, si je pouvais…

Et puis je crois que je n'aime pas les hommes. Sans parler de véritable aversion ni d'antipathie prononcée, non, je suis incapable d'éprouver des sentiments aussi violents, avec une charge affective aussi élevée, je peux dire, en toute sincérité, que je ne ressens aucune sympathie pour mon espèce. Je n'ai aucune affinité avec le genre humain. Au mieux il m'indiffère, au pire je l'exècre, en général je le méprise.

C'est sans doute pour cette raison que j'ai reporté depuis toujours mon attention sur les animaux, les seuls êtres vivants capables de me faire ressentir de l'amour. Je ne parle pas d'amour maternel, bien sûr. Je suis une mère aimante. Follement attachée à ses enfants. L'amour maternel, c'est viscéral. Ça n'a rien à voir avec l'amour. L'amour, ça s'invente.

Et moi, je n'ai aucune imagination.

Je m'en vais donc choyer les petites bêtes. Dans la douce assurance de l'amour inconditionnel qu'elles m'apportent.
Oh, je sais bien ce que ça dit, je sais...

Ça dit que j'ai peur d'aimer. J'ai peur d'aimer parce que j'ai peur de l'abandon. Je sais tout ça, je sais. Je condamne toute intrusion dans mon intimité affective, juste parce que je ne supporterais pas qu'on me délaisse, que l'on se détourne de moi comme si je n'étais soudain plus rien, ou si peu. Que l'on me prive tout à coup de ce que l'on m'a donné, moi qui ai tant l'habitude de prendre. Comment me passer alors de ce que l'on m'enlève ? Toute intrusion affective chez moi serait une effraction. Il n'y a pas de clé pour s'incruster dans ma vie. Je suis complètement, totalement verrouillée. Pas le moindre interstice pour essayer de voir à travers moi, au-delà de moi, de l'autre côté du visible, ce qu'il y a à l'intérieur.

Pour ce qu'il y a à voir de toute façon… Rien, parait-il, ou si peu.

Si personne n'a jamais rien vu, on a vite fait de se convaincre qu'il n'y a rien à voir. Parce qu'évidemment, on ne remettra pas en question son propre regard, sa propre approche, en se disant que peut-être, oui, peut-être on regarde mal ? On n'a ni le réflexe ni l'intelligence de ça. Ni l'honnêteté, disons-le. Et inévitablement, parce que le regard des autres me construit, qu'il est le filtre au travers duquel je me vois, j'ai eu vite fait de me convaincre qu'il n'y avait rien en moi. Alors je fais barrage à toute violation affective. Mon physique attirant est mon bouclier. Le repoussoir de ma personne.

Je sais bien que c'est ça que ça dit, je sais…

Pas besoin d'un psy comme Soléa pour faire semblant d'analyser ce phénomène. C'est si simple que ça en devient caricatural. Une offense à l'intelligence.

Parce que je ne suis pas bête, loin de là. J'ai l'esprit vif et la pensée féconde. Des ressources intellectuelles insoupçonnées, car peu sollicitées ni exploitées. Excepté par moi-même. Et encore… Je n'en ai pas souvent besoin, en réalité dans ma vie. Evidemment, ce n'est ni ce que l'on voit ni ce que l'on brigue chez moi. Ma beauté ravageuse a complètement dissimulé et disqualifié mes qualités spirituelles.

Ça tait des choses, tout ça, ça tait des choses…

Parallèlement, on m'affuble d'une bêtise, enfin quand même pas, mais d'un cerveau empli d'un vide sidéral, inversement proportionnel à ma beauté. Plus t'es belle, plus t'es stupide.

Mais je sais bien que je ne suis pas cette fille-là.

Pourquoi ne l'ai-je pas dit ? Montré ? Démontré ? Pourquoi n'ai-je pas *réussi* à le dire ?

A cause de toi Soléa, à cause de toi. Pour ne pas éclipser ton seul atout : ton esprit. Pour ne pas tout avoir, moi qui avais tout. Par amour pour toi, Soléa, qui a poussé l'ingratitude jusqu'à épouser un bonheur dont je ne serais moi-même jamais l'amante. L'ombre d'une amante. Même pas ça.

Même pas ça.

Pour toi Soléa.

Qui n'en avait sans doute pas besoin, je le sais maintenant. Ton esprit resplendissait sans que cela n'exige que je m'éclipse. Je me suis censurée, exilée au plus profond de moi-même pour ça. Pour rien. Et tandis que tu dévores l'existence avec un appétit que l'orifice monstrueux qui te sert de bouche t'autorise à assouvir, moi, je picore des miettes de vie.

Des miettes de vie…

Elle fait le régime, pensent les autres en parlant de moi. Que pourraient-ils penser d'autre, les autres ? C'est si pertinent, comme interprétation, cela s'harmonise avec ma silhouette svelte.

Alors qu'en réalité je pratique le jeûne intermittent de l'existence. Théoriquement, le jeûne intermittent, c'est préconisé dans le domaine alimentaire. Bon, moi, j'en fais usage dans un autre cadre, mais qu'importe ? Le principe est le même. J'ai fait un transfert, c'est tout. Un transfert spirituel. Et puis, c'est bien le jeûne intermittent il parait, c'est très tendance, en ce moment, en tant que restriction alimentaire. On nous en fait tout un plat, des bienfaits des restrictions, en ce moment. La privation, c'est bénéfique, il parait.

Peut-être en tirerais-je un quelconque avantage un jour, alors… En attendant cet improbable miracle, parce que je ne suis pas bête, voyez-vous, je ne suis pas dupe, eh bien je me priverai d'amour. A cause de toi, Soléa. Parce que mon amour pour toi a été inutile. Incapable de l'exprimer, de l'exposer à la vue de tous, je n'ai pu m'y épanouir. On ne s'épanouit pas dans le secret. Et parce que mon amour pour toi a été un préjudice pour moi. Il m'empêche de vivre librement, il conditionne mon enfance, ma jeunesse, mon existence tout entière, qui se construit en référence à la tienne, qui ne peut se soustraire à la tienne.

Et je ressens ton existence comme une mutilation de ma propre personne.

C'est peut-être pour ça que tu es partie un jour, Soléa. Parce que tu es psy. Et que tu le sais. Peut-être es-tu partie pour me permettre d'exister. C'est la question que je me poserai toujours. Et que je ne te poserai jamais.

Parce que ton absence est bien pire que ta présence.

Voilà pourquoi je renonce à aimer. Parce que l'amour ne peut être autre chose qu'une perte. Je ne peux que perdre.

Je ne suis pas cette fille-là, pourtant.

J'aurais pu, j'aurais *dû* être quelqu'un d'autre.

Mais je ne suis rien d'autre que le contour de mes limites. L'image que les autres ont de moi. Et comme je suis docile et que je m'accorde à leur vision, je m'accommode de moi-même telle qu'ils m'ont définie.

Je suis cette fille avenante et serviable qui, deux jours et demi par semaine, se rend à sa boutique. *Parfumerie Soléa*.

Oui, je sais, les choses sont dites, les choses sont dites…

C'est mon magasin, il m'appartient, murs et fond, c'est acté. Mais justement parce qu'il est *à moi*, mes parents ont tenu à lui donner le nom de ma sœur. Pour ne pas l'exclure. Ou pour bien me signifier que ce n'est pas parce qu'il m'appartient que je peux me l'approprier totalement. Une entrave mentale. Voilà ce à quoi je suis confrontée dans mon quotidien. L'incessant, l'indécent rappel.

Soléa n'a fait aucun commentaire sur cette désignation et je suis à peu près sûre qu'elle n'en tire aucune fierté. Et si, au contraire, elle était gênée, vexée même, par cette nomination moqueuse d'une boutique dédiée à la grâce et à la séduction, deux attributs dont elle est totalement dépourvue ? Alors Soléa, loin d'être honorée de porter le nom de ma somptueuse boutique, plierait ainsi sous le fardeau de la honte.

Ainsi, le nom de ma boutique ne s'érigerait pas comme un hommage mais comme un ricanement raillant sa disgrâce.

Bien sûr ce n'est pas l'intention de mes parents. Non, eux, je suis convaincue qu'ils ont nommé ainsi cette boutique ni pour me nuire à moi, ni pour l'encenser, elle. Non. Ils l'ont nommée ainsi, cette boutique, *ma* boutique, parce que ce projet, c'est *leur* bébé.

Et leur bébé, c'est Soléa.

Les choses sont dites, voilà, les choses sont dites...

Et Soléa, elle est à des kilomètres de tout ça. Huit cents bornes exactement.

Tandis que je rumine d'improbables rancœurs et que j'alimente mon mal-être, pourquoi, dites-moi, pourquoi, elle, elle vogue sur les flots paisibles d'une existence qui coule de source. Et moi je fais immanquablement naufrage entre flux et reflux. Le cœur chaviré par les tempêtes de mon esprit.

Mais cela ne se voit pas. Le mental est invisible. On l'a bien vu, si je peux me permettre de le formuler ainsi, de faire un trait d'esprit. J'ai de l'esprit, je vous l'ai dit. Invisible à l'œil nu. Qu'est-ce qu'un œil nu, au fait ??? Invisible, c'est tout.

J'évolue avec grâce dans ma parfumerie aux mille essences. A l'aise comme une punaise. Je suis en parfaite symbiose avec cet univers parfait. Ma boutique aux mille odeurs est une invitation au bonheur. Elle revêt l'ordinaire de ces effluves voluptueux et enveloppe mes clientes dans une douceur câline. Des senteurs fleuries, sucrées, boisées, exotiques, mystiques, qui sont autant d'offrandes à la plénitude.

Elles attisent le désir tout en comblant les sens.

J'ai une affinité réelle avec ce monde hors du monde, ce monde *en mieux*. Ces femmes aux pensées secrètes, qui chuchotent sans bruit d'indicibles mystères. Que j'entends. Que j'entends. Ces femmes qui s'affranchissent du naturel, si fade, si peu propice à l'imagination, pour atteindre la perfection procurée par d'exquises senteurs. Pour plonger dans le fantasme d'une version améliorée du réel.

C'est si important, l'odeur, si proche du plaisir et de la plénitude. Elle est l'appât de l'attirance, le joyau de la séduction, le cœur fragile de la féminité. Elle est la cellule qui emprisonne les hommes dans les bras des femmes.

Je n'aime plus les hommes, mais j'aime les femmes qui jouent à aimer les hommes.

Ma boutique parfume la vie. Et je m'épanouis pleinement au milieu de ces senteurs volatiles. Dans un lieu privilégié où tout n'est qu'ordre et beauté. Luxe calme et volupté. Un espace typiquement féminin.

Les hommes au parfum

Peu d'hommes franchissent en effet le seuil de ma boutique. Ce sont généralement les femmes qui y pénètrent, imprégnées de ce désir fou de séduction, en quête de la senteur parfaite qui emprisonnerait le mâle dans les mailles secrètes de leurs filets tendus. Elles achètent pour elles. Elles achètent pour eux aussi. Ce sont elles qui choisissent pour eux le parfum qu'elles aiment, elles. C'est l'amour au féminin. La domination derrière l'offrande, celle-ci n'étant que l'apanage du pouvoir.

Je n'ai jamais su faire ça. J'ai donné sans dominer. Ou peut-être n'ai-je pas donné. C'est sûrement ça, d'ailleurs.

Je n'ai jamais su faire ça. Mais je montre aux autres comment faire. On n'a pas toujours besoin de faire pour savoir comment faire.

C'est ce que me dit la vie, eh oui…

Les hommes, eux, s'introduisent dans ma boutique presque par effraction. Sur la pointe des pieds. S'invitant dans un univers qui, pour une fois, ne leur appartient pas. La plupart du temps incapables de laisser leur virilité au vestiaire pour avancer dans la nudité d'une sensibilité inavouée. Ou inexistante. Ils surgissent à certaines dates précises de l'année. Soigneusement notées sur l'agenda de leur IPhone, avec quinze alertes pour ne pas oublier. Noël. Fête des mères. Anniversaire de leur dulcinée. Anniversaire de la

rencontre avec leur dulcinée. Anniversaire de l'anniversaire de… Et l'incontournable. La date à ne surtout pas manquer : le 14 février. La Saint-Valentin. Le repère calendaire de l'amour. Qui initie toujours, quel que soit le contexte amoureux, harmonieux ou discordant, une soirée prometteuse. Où l'amour se déploie, se décuple, ou se répare. Parce que c'est le 14 aujourd'hui. Une soirée qui préfigure deux corps alanguis, repus de satisfaction béate, puisque c'est la fête des amoureux today. Je parle anglais, parfois, c'est le bénéfice tiré de mes nombreux voyages. For ever.
Deux corps enlacés sur le canapé moelleux matelas Bultex ressorts ensachés coloris taupe, jambes croisées négligemment étendues posées sur la table basse du salon, les yeux rivés sur Netflix, parce que bon, c'est pas parce qu'on est le 14 que bon… Netflix, quoi. La suite de la série. On va pas

attendre demain. A quoi bon se laisser aller à l'amour si cela s'accompagne d'une frustration ? Un soir comme les autres, donc, mais pas tout à fait quand même. Puisque, aujourd'hui, c'est le 14. Alors c'est comme d'habitude, si on veut, sauf qu'on modifie *l'ambiance*. On crée une atmosphère. Propice au bien-être. Lumière tamisée, fond musical à peine perceptible, avant l'épisode télé, juste pour initier la soirée consacrée à l'amour, repas aux chandelles avec des bougies à leds. Pas de bruit. Peu de mots. Together. Le 14 février, c'est comme les autres jours, mais en mode amoureux. Très différent, donc, en fait. On invente un contexte propice à l'amour et au bien-être. Les hommes savent faire ça. L'espèce humaine est douée pour ça.

Pourquoi ne le fait-elle pas tous les jours ? Pourquoi n'est-on pas tous les jours le 14 février ? Ça ferait mes affaires en plus. Les hommes dépensent sans compter.

Tellement soulagés, 1- de n'avoir pas loupé la date fatidique, qui donnera une impulsion ou un coup de pied à leur relation amoureuse, 2- d'avoir trouvé leur bonheur. Le bonheur de leur femme plutôt. Grâce à moi, la plupart du temps.

Pas un ne sait ce qu'il veut, ce qu'il est venu chercher. Pas un, vraiment. Un parfum. Oui, mais encore ? Le gars, il rentre dans le magasin, se dandine vaguement ou jette un œil inquisiteur à droite, à gauche. Parfois il se déplace dans les rayons et observe attentivement les centaines de propositions que je lui vends. Il s'empare alors timidement d'un flacon testeur et vaporise délicatement un peu de parfum à l'intérieur de son poignet gauche. Il sent. Trop vite.

Ça va toujours trop vite, un homme.

Le parfum n'est pas encore installé, il n'a pas encore pénétré sa peau, il n'en est qu'aux préliminaires, alors que l'homme, lui, a déjà fini, a déjà senti, s'est déjà détourné, insatisfait, est déjà en quête d'une autre fragrance. Et là, il parcourt les rayons avec plus d'assurance, plus d'avidité. Il prend des flacons au hasard, enfin, pas vraiment au hasard, il les sélectionne en fonction de leur aspect. Attiré d'abord par leur apparence. Ça fait presque toujours ça un homme, c'est l'œil qui est séduit le premier. Forcément, c'est comme tout, ce qui compte, c'est d'abord ce qu'on voit. Puisque, à ce stade-là de la recherche ou de la découverte, il n'y a rien d'autre.
Ça dit des choses, ça, ça dit des choses…
Des choses que je ne dis pas.

L'homme s'asperge alors prodigieusement de ces odeurs qui se mélangent sur son avant-bras gauche, puis droit. Et là, les

senteurs se superposent, s'entremêlent, se mélangent. L'homme ne sait plus. Le cap franchi de la première fois, c'est la libération et l'homme s'ouvre à tous les possibles, teste toutes les propositions. C'est pas très sélectif, un homme...
Qu'importe le flacon, pourvu qu'on ait l'ivresse.
Même si le critère premier, c'est le flacon.
Ça dit des choses oui, ça dit toutes ces choses que je ne dis pas...
Les effluves du début sont arrivés à maturation, ils remontent à la surface, lâchant leur fragrance dominante avec toute la violence d'un amour perdu.
Et là, je viens à sa rencontre.

Après l'avoir accueilli à son arrivée, souriant gentiment à sa maladresse et sa gêne initiales, après l'avoir laissé vaquer à sa liberté, je viens à sa rescousse. Il mendie mon conseil avec toute l'innocence de son ignorance et son désarroi face à l'immensité du choix qui s'offre à lui.

Ça choisit jamais vraiment, un homme, ça fait des compromis, ça se compromet, ça tergiverse, ça hésite, mais ça choisit rarement. C'est toujours elle qui tranche.

Je le guide. Je n'ai rien à dire, je n'ai qu'à écouter. Et l'homme, il ne me demande pas, il ne sait pas ce qu'il cherche. C'est bien pour ça qu'il ne trouve pas, évidemment. L'homme, il ne dit pas je cherche ça, ça ou ça… Non. Une fois qu'il est entré dans la boutique et qu'il a formulé sa requête, je voudrais acheter un parfum, une fois que je lui ai bien signifié mon assentiment, que je lui ai bien montré que j'avais compris son attente, oui, très bien, en combattant toute ironie du genre « Ah bon ?? Sans blague ?! » Une fois tout ça tout ça, et après qu'il a écumé en vain tous les rayonnages de ma parfumerie, il m'explique *comment* choisir. Comment moi, je dois sélectionner pour lui le parfum qu'il lui faut à elle. Alors j'écoute.

Elle est brune ou châtain ou blonde, elle a les cheveux longs ou courts, les yeux bleus ou pas bleus ; elle porte des jupes à fleurs ou des pantalons noirs, elle a un sac comme ci, une bouche comme ça. Elle aime la montagne et la course à pied. Les cochons d'Inde et les saucisses de Strasbourg. La porcelaine de Limoges ou le vent d'Est. Elle est comme ceci, elle est comme cela.

Et il attend, les yeux écarquillés, les sourcils relevés, en forme de point d'interrogation, *la* réponse à sa non-question, à son exposé censé déterminer le choix ultime de la senteur parfaite. Essoufflé dans sa course aux mots, impressionné d'avoir cerné autant de choses chez la fille que juste il aimait. Sans se poser de questions. C'est silencieux, un homme. Sauf quand ça parle. Et quand ça parle, ça parle trop.

J'ai un vrai feeling pour ces choses-là. Je me représente aisément la fille imaginaire à laquelle le parfum est destiné. Je sors ma languette testeuse, j'y vaporise la fragrance appropriée, je secoue délicatement, j'attends. Je lui impose l'attente alors qu'il implore fébrilement l'aboutissement. Je lui impose le supplice du désir. Il s'en fout un peu, ce n'est qu'une odeur après tout, et il a déjà passé assez de temps dans ma boutique. Il trépigne mais comme il est poli, il ne le montre pas. Je le vois quand même, je le *sais*.

Et il sent.

Il est conquis.

C'est ça. C'est exactement ça. C'est parfait. Emballé. Payé. Bonne soirée. A l'année prochaine. Au suivant...

Tu vois, il fallait juste attendre, laisser à la peau le temps de s'imprégner de la senteur intrusive, invasive. Mais ça attend pas, un homme. Jamais. Ça sacrifie le plaisir au simple motif de ne pas subir la frustration du désir.

Parfois, il doute. Il n'est pas sûr, il hésite. Vous croyez ? Vous ne pensez pas que… ? Il me dévisage, dans l'expectative d'une réponse, d'une autre suggestion. Me regarde de la tête aux pieds.

Et là, il me voit.

Dès lors, le doute se distille dans les senteurs entêtantes de ma parfumerie. Si je suis comme je suis, et que je dis ce que je dis, c'est que je sais. Voilà ce qu'il pense tout à coup. Et puis bon, il est pressé maintenant, il a consacré assez de temps à l'expression de l'amour. L'image attrayante, posée, et rassurante que je renvoie le met en confiance. Il dit oui.

C'est vite conquis, un homme.

Des hommes, il y en a peu qui fréquentent ma boutique, et peu souvent. Mais la plupart du temps, c'est là que je rencontre mes amants, à l'occasion d'une Saint-Valentin qui ne m'est pas destinée, qu'ils veulent à tout prix réussir. Et ils y mettent le prix. Ou à l'occasion d'un cadeau de Noël qui n'a pas de prix. Ça fait bien mes affaires, tout ça, pendant qu'eux ils en paient le prix. J'aime les hommes finalement. Ou j'aime que les hommes m'aiment.
Oui, je rencontre mes amants quand ils s'introduisent dans ma boutique pour acheter un parfum à la femme qu'ils aiment.
Ça sent pas bon tout ça, ça sent pas bon...

Le père, gène et patrimoine

Mon père s'appelle Davy.
Prononcer Dévie. Des vies.
Pas David. Non. Trop connoté religieusement.
Pas Dave, non plus. Ses parents ne lisent pas Proust, ne mangent pas de madeleines et surtout, ne voudraient pas *refaire le chemin à l'envers...* Chez ces gens-là, on ne pose jamais un regard en arrière. Jamais. On va de l'avant et c'est tout.
Davy, donc. C'est son prénom.
Je commente beaucoup les sons. C'est en partie de lui que je tiens ça. A défaut de sens, parfois, on en fabrique. Ou on le

nargue. Puisqu'on n'est pas dupe. Les sons n'ont pas de sens, évidemment.

C'est mon père, qui, sa vie durant, s'est toujours appliqué à narguer le sens, en l'inventant, en le titillant.

A la naissance d'Elina, il ne s'est pas gêné. Moi qui n'ai rien vu, puis envisagé trop tard ma fille comme un alien, il a réagi de suite, sarcastique. Pourquoi *Elina* ? *Aline*, ça te plait pas ? Pas assez original pour toi ? Il a fallu que tu inventes un prénom ? Comme Soléa ? Toujours comme Soléa…

Et j'ai crié… crié-é…

J'avais pas vu. J'avais pas vu.

Même ça je l'ai raté. Par inadvertance.

Mon père, totalement ignorant et inconscient de mes pérégrinations mentales, de mes difficultés identitaires et de mes ressentiments du passé, s'est même esclaffé, se croyant drôle : Avec un *a* de plus,

tu l'aurais appelée *Alinéa* ta fille ! Alinéa. Il te manque juste le *a*.
Le *a* de l'amour.
Ou de l'Abandon.
Alinéa. A la ligne.
Paragraphe suivant.

Il ne sait pas, mon père. Il n'a jamais su. Comment peut-on à ce point être aveugle, fermer les yeux sur l'invisible. Car si quelque chose ne se voit pas, c'est bien que ça existe, non, que c'est quelque part, caché, enfoui, dans l'espoir fou d'être déterré. Un trésor à extraire d'un sol aride.
Pourquoi n'a-t-il jamais rien deviné de mes démangeaisons affectives provoquées par ma sœur parasite ? Des meurtrissures muettes de mes maternités solitaires ? Comment peut-il à ce point m'éviter ? Me *nier* ?

Par inadvertance, sans doute. Pas plus. Rien d'intentionnel. Mon père ne me connait pas, c'est tout. Il me noie dans les flots de l'argent en me faisant croire que j'ai une vie comme tout le monde.

Sauf que c'est plus facile que tout le monde, bien sûr, enfin que la plupart du monde, parce que moi, j'ai une vie *tous frais payés*.

Dont je fais les frais. Bien sûr.

Mais j'ai tant de compensations dans ma vie de rêve.

Dont personne ne voudrait, c'est sûr.

Mon grand-père paternel a été le fondateur de l'enrichissement familial. La première pierre de l'édifice. Rien ne fut acquis à cet homme issu de la pauvreté. N'ayant aucune prédisposition pour les études, et pas l'ombre d'une opportunité d'ascension sociale susceptible de lui permettre de s'évader de sa condition, il aurait pu, comme tant d'autres, se laisser glisser dans le modeste confort de la médiocrité. Mais non. Armé de dents longues et d'un sourire d'acier, il a usé de tous les stratèges de la guerre et de l'art de la conquête pour aller gagner de l'argent. Et il en a gagné. Beaucoup. En travaillant. En trichant. En volant. Parce qu'il a vite compris qu'il ne suffisait pas de travailler pour s'enrichir. Vite constaté que quand on occupe un emploi et qu'on est rémunéré, ce revenu n'est jamais un gain d'argent. C'est juste une ressource financière qui permet de couvrir les dépenses générées par notre vie de travailleur. On ne s'enrichit pas en dépensant l'argent que l'on gagne pour subvenir à ses besoins. On s'enrichit en investissant de l'argent qu'on n'a pas pour qu'il produise de l'argent que l'on obtient. Et que l'on réinvestit… C'est circulaire. Un cercle vicieux, en quelque sorte. Tout le contraire d'un rond de cuir, le grand paternel.

Il a gagné beaucoup d'argent. De manière contestable et illégale, oui.

Cela ne me pose aucun problème de conscience. Je bénéficie de ses engagements risqués, mais je n'ai besoin ni de tricher ni de voler, je n'ai jamais eu à me battre pour gagner ma vie. Moi, l'argent, on me l'a carrément donné. Direct. Alors forcément…

C'est pas juste, je sais, c'est pas juste…

Et alors ?

Je n'ai même pas besoin de travailler pour assumer mes dépenses. Je travaille, certes, mais pour des raisons autres que bassement économiques. Je travaille pour favoriser mon épanouissement personnel. Et aussi parce que c'est ce que font les autres. Moi, j'ai la vie de tout le monde, alors… On peut dire que je travaille par souci d'affinité avec le genre humain, voilà.

Contrairement à ma sœur, je n'ai jamais connu mon grand-père paternel. Parce que, ben, parce que je suis née douze ans plus tard. Douze ans trop tard. A cette époque de sa vie, mon arrivée dans le monde ne lui a pas procuré d'émotions particulières. Il était alors au bout du monde, il a toujours plus ou moins vécu au bout du monde, aux quatre coins de la planète ronde, loin de son fils. Beaucoup plus intéressé par le patrimoine matériel à créer que par le patrimoine génétique dont l'acquisition ne nécessite aucune conquête, ou alors, juste une fois, juste une nuit. Insuffisant. Mon grand-père est un viking, il crée et il conquiert. Il ne se contente pas des avoirs que la vie lui fournit. Alors, que son sang coule dans mes veines, quelle importance pour un tel homme ? Quelle incidence sur sa vie ? Aucune. Bien sûr. Il sait que j'existe. Et alors ?

Moi, c'est différent. Son existence impacte largement le cours de ma vie. La filiation. Le patrimoine génétique, dans un sens c'est extrêmement enrichissant. Dans un sens descendant.

Cet homme illustre s'est enrichi très rapidement, grâce à des placements financiers judicieusement ficelés et des investissements fructueux. J'ignore par quelles magouilles ou malversations diverses il a pu parvenir à déployer une telle fortune personnelle.

Certaines choses ne se disent pas, ça ne se dit pas tout ça…

Mais j'imagine aisément, enfin, je devine plutôt, il n'est pas nécessaire d'être imaginatif pour cerner ça, que cet homme illustre, inconnu du grand public, a bénéficié de son anonymat pour faire ses affaires.

Sinon, il aurait probablement croupi en prison pendant la majeure partie de sa vie. Ce qui aurait fondamentalement modifié le cours de la mienne. Si le fisc et autres instances de contrôle avaient flairé un quelconque acte de malhonnêteté, ils ne l'auraient pas loupé. Les gens bien n'aiment pas les pauvres qui s'enrichissent. C'est suspect.

Mais ils n'ont rien senti.

N'est pas parfumeur qui veut…

Aucune alerte n'ayant été déclenchée par le sens olfactif atrophié des administrateurs des organismes de censure, uniquement alertés par l'alarme de leur détecteur de fumée, les affaires du grand-père ont prospéré. Se sont déployées telles un virus offensif, qui, sans aucune difficulté, a attaqué son fils.

Mon père.

Mon père qui n'eut rien d'autre à faire dans sa vie que gérer et agrandir ce patrimoine insolent. Se répandant seul, finalement, ne nécessitant que peu d'initiatives de sa part. Bien sûr, il fallut le conserver. Bien sûr il fut opportun de le développer. Bien sûr, il dut, lui aussi parfois voler et souvent tricher. Conserver ce que l'on possède exige généralement de mentir ou de dissimuler ce que l'on possède, en ayant recours d'ailleurs à des techniques tout à fait légales. Sinon, les taxes sont si élevées qu'il est quelquefois inévitable de vendre une partie de ce que l'on a acquis pour garder l'autre partie. Je ne parlerais pas d'injustice, parce que c'est un problème de riche, me direz-vous, et du fait de l'opulence dans laquelle je vis, j'aurais tendance à dire comme vous. Mais une petite voix me dit que si l'on enlevait aux pauvres la moitié de ce qu'ils gagnent, on serait tous dans la rue en train de crier à l'injustice.

Une petite voix que je fais taire, parce que *ça se dit pas, tout ça, ça se dit pas…*

Il a travaillé aussi, mon père, mais pas trop. Il a surtout travaillé à être habile, suffisamment pour faire fructifier les récoltes du grand-père.

C'est pour ça qu'il peut tout faire mon père. Il a un sacré pouvoir, à défaut d'un pouvoir sacré. Ça, il n'a pas. Parce que bien sûr, autant on a pu vérifier par la pratique et contrairement à l'adage moralisateur, que bien mal acquis profite, autant on constate qu'acquérir sans mérite désacralise l'acte.

L'indécente richesse de mon père n'a rien de gratifiant, donc, mais elle lui procure son aisance matérielle, et, par ricochet, la mienne. Il peut tout acheter : sa maison la mienne, des appartements qu'il loue, mon magasin, ses voyages, les miens, des objets, des gens, des voitures, sa liberté. Tout s'achète. Oui, tout. Tout et tous. Mon père, il achète un journal et il vend l'opinion. Il l'achète aussi, l'opinion, à l'occasion, pour la revendre aussitôt. Et il marge dessus, oui, une marge conséquente souvent.

Il a un pouvoir fou, mon père.

C'est fou, le pouvoir. Sacrément fou.

Ça rend fou, d'ailleurs, c'est le risque. Mais dans ma famille, on est posé. On est serein. Modéré. L'argent ne nous prend pas la tête, de même que le manque ne nous noue pas les tripes. L'argent est là, c'est tout. Disponible.

C'est parce que mon père n'a aucun mérite que je n'éprouve aucune reconnaissance à son égard. Sa générosité est aussi naturelle qu'un pet.

Mon père est écolo à fond. Il œuvre pour la nature. Et s'exprime avec un grand naturel.

Mon père m'achète. Et il y met le prix. Mais comme il a les moyens, ça ne lui coûte rien. Je sais bien ça, je sais bien…

D'ailleurs ce n'est pas moi qu'il achète. C'est lui-même. Il s'achète une conscience. Cash.

C'est sa façon de m'aimer. Mon père, il est plus expressif dans les actes que dans les mots.

C'est ça les hommes, souvenez-vous…

Il y a bien longtemps que je suis au parfum.

Mon patrimoine génétique réagit au quart de tour et s'empare en virevoltant de toutes les marques d'amour qu'il tatoue sur ma peau délicate. La maison. La boutique. La voiture. Tout ça tout ça.

Je suis comme lui. Inapte à formuler mon attachement, je le lui montre à sa manière : je prends. Tout. J'accepte ses offrandes.

Je prends tout ce qu'il me donne. La voiture. La boutique. La maison. Le reste, c'est moi qui paye. Oui, quand même. Les fringues, les plaisirs, les loisirs, le vétérinaire, mes filles, tout ça tout ça, c'est moi qui paye. Je ne suis pas dépensière. Avare même de toutes ces choses qui ne m'apportent rien, rien de plus, rien de mieux que le doux confort du quotidien de ma vie. Si, le véto, peut-être, c'est ma plus grosse dépense. Mes filles ont, quant à elles, peu d'exigences, surtout Elina, encore si jeune et comblée de tout. Elina qui se nourrit essentiellement de ce qui ne s'achète pas, comme ma svelte sœur boulimique de la vie, au point de frôler l'obésité. Les obscènes rondeurs du bonheur.

Et j'ai crié… crié-é…

Pour qu'elle revienne

Et quand elles ont des désirs onéreux, mes filles, ou quand *moi* j'ai des projets coûteux pour elles, c'est mon père qui paie. Mes parents m'aident. Financièrement, ils sont toujours là pour moi. Il n'y a rien à dire sur ça.

Sans doute pour ça que j'en dis tant, sans doute pour ça…

Parce que je ne peux m'infliger le silence quand il s'agit d'exprimer l'amour que mes parents manifestent à mon égard. J'ai besoin d'exposer ce lien, de le formaliser, de le concrétiser. De m'y accrocher comme une sangsue avide de son patrimoine génétique. A cœur et à sang.

Pour concurrencer leur attache volatile à Soléa, libre de toutes chaînes.

Pour compenser leur esquive de ma propre maternité. Comme si, en m'infantilisant, ils m'interdisaient d'accéder à mon statut de mère. Parce que c'est bien ce qu'ils font : ils m'infantilisent. Sous prétexte de m'aider à devenir indépendante, ils me condamnent toute autonomie en gérant eux-mêmes ma vie. Et même si je m'applique consciencieusement à assumer mes fonctions maternelles, même si j'aime mes filles d'un amour sidéral, si peu, si mal formulé, que je les aime autant l'une que l'autre, comme on dit, même si je me force à la démonstration par amour pour elles, je sens bien les failles, je les sens bien…

C'est bien pour ça que j'en fais des tonnes, parfois. C'est bien pour ça que je les enveloppe tendrement dans le doux confort du quotidien de nos vies.

La mère, gêne et matricide

Ma mère ne dit rien. Ma mère ne dit rien, jamais.

Ça dit des choses, sans doute, ça dit des choses...

Elle est comme moi, finalement. En pire.

Elle suit son homme. Depuis toujours. Depuis leur rencontre. Avant cela, j'ignore qui elle fut. Je ne sais quasiment rien de son enfance, de sa jeunesse. Je n'ai jamais envisagé ma mère autrement qu'à l'intérieur des cloisons de son duo conjugal. Elle m'apprit simplement qu'elle était une enfant sage, solitaire et silencieuse. Des traits de personnalité ou des attitudes qui laissaient parfaitement présager l'adulte qu'elle est devenue. Solitaire et silencieuse. Sage, je l'ignore. Ce n'est plus une enfant, alors comment savoir ?

Elle suit son homme dans la multitude des vies qu'il lui propose. Qui parfois dévient. Jouant avec ce prénom à consonances multiples, aux sons revêtus de sens pluriels. Se jouant de la polyvalence d'une symphonie muette. Et déjouant les disharmonies.

Est-ce cette faculté exacerbée d'inventer du sens qui rendit ma mère si attentive aux consonnances des mots. Est-ce pour cela qu'elle accorda une importance toute particulière au prénom de ses enfants. Il est certain que pour Soléa, l'harmonie des sons fut un critère essentiel. Porteuse d'une vie à naître, tout entière tendue dans la promesse du bonheur à venir, ma mère s'est penchée minutieusement sur l'étude des sciences du langage, en quête de la combinaison de sons parfaite pour honorer l'enfant parfait issu d'une union parfaite. Une conjoncture idéale. Egarée dans les labyrinthes des théories linguistiques de Jakobsen, elle explore les ressources acoustiques des lettres. Se concentre sur la phonétique, analyse la phonologie, interprète les phénomènes sonores produits. Et murmure enfin, au terme de ces longs mois de grossesse consacrés à l'enfant que l'on ne connait pas encore, le connaitra-t-on un jour d'ailleurs, la combinaison miraculeuse : *Soléa*. Un soleil en forme de ritournelle, qui s'enroule autour de vous, qui s'enroule, qui s'enroule…

Parfois, ça se déroule autrement, parfois oui…

Quand l'hideuse réalité vient démolir tous les idéaux.

Soléa. Une alliance de sons empreints de douceur et de tendresse. Il y a tant de choses dans un mot, tant de choses… Parce qu'un mot n'est pas qu'un mot. Il est bien plus. Il n'est pas que le véhicule d'un sens. Bien au-delà du signifiant, il y a la sensation qu'il provoque. *L'effet*. Un mot, ça se comprend, ou pas, au-delà de lui-même, on le ressent. On l'invente, en quelque sorte.

Soléa, c'est deux consonnes et trois voyelles. Ça me rappelle une chanson, ça me rappelle *Quatre consonnes et trois voyelles, c'est le prénom de Raphaël…*

Ça me rappelle…

Je me rappelle…

De la musique avant toute chose
Et pour cela préfère l'impair…

Deux consonnes et trois voyelles. Une de plus. Pour atteindre l'harmonie du déséquilibre.

Et celle de plus, en plus, ce n'est pas n'importe laquelle.

C'est le *A*.

La première lettre de l'alphabet. La lettre initiale. Qui finalise le prénom de ma sœur comme un début de toute chose…
Et c'est le *A* de l'Amour, bien sûr.
Disons-le, ce que la mère ne dit pas, disons-le.
Tout ce que dit ce prénom qu'elle inventa, ces quelques lettres à l'évocation solaire qu'elle offrit à sa fille.

Puis il y eut Anna. Moi. Bien plus tard. Au terme d'années de routines familiales et de déserts affectifs traversés parfois uniquement par le souvenir d'un mirage. L'usure, l'indifférence, l'acquis, l'ennui, le temps, la vie. Vous savez que je me vis attribuer ce prénom par défaut. Que ma mère, sous emprise littéraire, hantée par l'héroïne de Maupassant enlisée dans l'ordinaire d'une vie, se détourna du prénom traumatique qu'elle affectionnait pour me délivrer d'un destin condamné d'emblée. Un geste d'amour, à n'en pas douter…

Je ne suis pas Jeanne, celle qui *regardait au loin*… Je suis Anna et j'échappe ainsi au symbole suprême de la torpeur d'une existence inutile.

Je dois mon prénom à un *escape game*, en quelque sorte.

Et dire que mon séducteur de père a été contraint de lire ce livre dont il ignorait jusqu'à l'existence. Car, franchement, qui peut penser qu'une vie, ça existe en livre. Qui pourrait même songer qu'on puisse en faire un roman. Qui imaginerait sérieusement qu'une vie, ça peut s'écrire… Et même se lire.

Eh oui, Davy, une vie, c'est un peu comme des vies. En plus singulier, forcément. Alors il l'a lu ce livre, qu'elle conserve comme une fétichiste, incapable qu'elle est de se débarrasser même de ses pires souvenirs.

Il l'a lu pour lui plaire. Lui faire croire que. S'inventer une sensibilité pour s'inviter dans l'intimité de ses draps soyeux.

Cela suffisait.

Des vies après ça, il en a des tas mon père, dissimulées dans les bras étrangers des draps soyeux du linceul conjugal que ma mère déserte parfois.

Elle ne le sait pas, ça, ma mère. Moi oui, parce que j'habite à côté, alors je le vois bien, tout ça. D'ailleurs, il ne s'en cache pas. Je ne suis pas sa femme, moi, il sait très bien que je ne dirai rien à ma mère qui ne dit rien. Qui ne dit jamais rien.

Elle ne le sait pas parce qu'elle s'absente souvent. Elle le sait donc peut-être, en fait, puisqu'elle est sa femme et qu'elle n'est pas là.

Mais elle ne dit rien, jamais, elle ne dit rien…

Elle a toujours l'air si loin, si loin, ma mère, c'est un peu celle qui regardait au loin.
En fait.

Anna. C'est un joli prénom, pourtant.
Mais voilà. Deux consonnes, deux voyelles. L'équilibre parfait. Qui sent l'ennui à des kilomètres à la ronde. A l'infini.
De la musique avant toute chose.
Et sans cela commet l'impair…
Ma mère a commis l'impair du nombre pair. Le sacrilège de la parité. Rien de musical. Ça pue le silence. Et vous pouvez me croire, je m'y connais en odeurs…
Et même ça, *même ça*, c'est une mystification. Mon prénom, ce n'est même pas deux consonnes et deux voyelles. Non. C'est la même consonne et la même voyelle, deux fois répétées. Je n'ai même pas la grâce d'une riche anagramme. *Anna* à l'envers, c'est toujours *Anna*. Une impériale incarnation du non-sens. La claque magistrale

d'un palindrome sans substance. Tout au plus puis-je me transformer en nana, en mélangeant les lettres… Ça va loin, tout ça, ça va loin…

Ça va pas plus loin.

Tourne vire, et je tourne et je vire, mon prénom, c'est rien de plus que deux lettres. Na.

Difficile de faire moins.

C'était un joli prénom, pourtant, *Anna*. C'est doux comme une peluche à Noël, tendre comme une fraise des bois. C'est un prénom qui me va bien.

Si j'ignorais l'historique de son choix et le goût immodéré de ma mère pour la poésie des sons, je saurais l'aimer. En dépit de sa malheureuse association avec mon patronyme, par ailleurs plutôt attractif, mais qui ne colle pas du tout avec moi. Je m'appelle Anna Naillant et les deux prononcés en enfilade, ça colle comme un chewing-gum.

On a l'impression d'en avoir plein la bouche, il n'y a que Soléa que cela ne gêne pas ; mon prénom et mon nom, elle les mastique sans difficulté. Forcément, elle n'en a jamais plein la bouche, étant donné le format de son orifice, je suis pas méchante, non, je ne sais pas pourquoi je dis ça, je ne veux pas dire *ça*, pourtant je le dis. Je le dis, c'est tout et je me mords les lèvres, ces lèvres perfides de langue de vipère. C'est pour ça que je n'aime pas parler, les mots m'échappent. Des mots que je n'ai aucun plaisir à prononcer. Et c'est pour ça que ma mère ne parle pas, jamais. Parce qu'elle maîtrise le langage.

Ma mère se tait pour déjouer le piège de la parole.

Oui, elle les mâche sans peine, mes nom et prénom, Soléa, tandis que les autres les mâchonnent comme un chewing-gum insipide et sans consistance.

Mais bon, malgré cette association malencontreuse, j'aurais pu l'aimer, ce joli prénom. Bien que je ne comprenne toujours pas comment ma mère, si sensible, si avisée, si attentive à ce genre de choses, a pu commettre un tel impair dans le choix des sons.

A moins que ce ne soit pour *me nuire* ?

Non, ce n'est pas concevable. Elle est ce qu'elle est, elle ne dit pas ce qu'elle ne dit pas, mais elle m'aime, c'est sûr. Depuis toujours.

Ça se devine, ces choses-là, ça se devine…

Quand c'est pas dit.

Non, elle a dû penser que c'était sans importance, que je me marierais et épouserais le nom d'un autre. Que mon appellation chewing-gum durerait peu. Pas assez en tout cas pour lui sacrifier le choix mûrement réfléchi qu'elle avait effectué pour moi. Elle aurait pu penser, pourtant, qu'une vie parfois ne suffisait pas à céder son existence à celle d'un autre.

Ça se devine ces choses-là, ça se devine pourtant…

Mais bon, quelle légitimité aurais-je à critiquer son choix. Qu'ai-je fait de mieux, de plus, de *différent* ? J'ai affublé ma seconde fille, l'étrangère, d'un prénom imaginaire qui s'est révélé n'être que la pathétique caricature d'un prénom ordinaire.

Et j'ai pleuré, pleuré-é…

Je ne suis pas mariée. Je porte le nom de mon père, l'homme dont j'ai épousé la vie qu'il a concoctée pour moi. Pour mon bien. Une vie de rêve.

Dont personne ne rêve.

Naïs porte le nom de son père. A défaut de l'avoir connue, il l'a reconnue.

Elina Naillant, l'étrangère, hérite de mon patronyme, légué par mon père. La filiation. Qui la désigne comme un membre de la famille.

Un jour elle fera de son identité une enseigne.

Parfumeries Elina Naillant.
Nouvelle génération.

Après moi. Comme ma sœur avant moi. Photographiée de dos devant sa plaque professionnelle.

Soléa Naillant.
Psychiatre.

Spécialisée dans … je ne sais quoi. Toutes sortes de choses. Spécialiste en thérapies familiales. Notamment. Ça je me souviens bien.

Moi, évidemment, Anna, Nana, Na Naillant je ne suis pas concernée. Je ne suis qu'une boutade de moi-même.

C'était un si joli prénom, pourtant, *Anna*…

Est-ce parce que ma mère ne dit rien, jamais, qu'il y a si peu à dire sur elle ? N'est-elle que le prétexte à évoquer les figures féminines qui l'entourent ? Ses filles, ses petites-filles.

Ma mère est élégante. Elle a consacré un large pan de sa vie à l'éducation de ses filles. Mon arrivée tardive dans le monde l'a contrainte à assurer ses fonctions maternelles plus longtemps, pour assumer nos prises en charge respectives, de Soléa et moi, à des années d'écart. La vie de ma mère, c'est la durée d'un match plus les prolongations. Match nul, donc. Alors après un tel sacerdoce, c'est un peu le repos de la guerrière. Elle a pris son indépendance. Loin du poulailler de luxe de mon père au charme aguicheur et raide dingue de sa femme, surtout quand elle est ailleurs. Elle prend son envol. En première classe. Vaque à ses affaires tandis que je m'affaire à la boutique et que Soléa décortique les failles de l'esprit humain. Chacun sa sphère. L'union familiale. La mère pigeonne voyageuse, pendant que le père roucoule auprès de ses poulardes et que la fille fait l'autruche. La sœur, elle, caquète à des kilomètres de là, sans doute singe-t-elle la vie en jacassant. Et je rumine, je rumine.

Ma mère s'éloigne en laissant des traces d'elle partout dans sa maison ; depuis le petit pot de miel entamé resté ouvert à l'extrémité de la table jusqu'à la plante qu'elle a posée *là*, juste là, à proximité de l'évier, sur le côté droit du plan de travail en marbre blanc, pour qu'il n'oublie pas de l'arroser. Et il n'oublie pas, bien sûr, la fleur épanouie de l'absente. Qui effleure sa pensée sans écorner sa conscience. Ni la mienne, d'ailleurs. Qui parfume la joie franche des retrouvailles. L'évidence du bonheur. Ces deux-là s'aiment, c'est sûr. La vie depuis toujours enlace leur duo conjugal.

Ma mère a tout compris.

Elle ne part pas pour un ailleurs. Elle part *pour revenir*. Pour éprouver le bonheur des retrouvailles.

Elle les sépare pour ressentir la mutilation de l'absence. La douleur du manque. Pour réveiller le désir qui somnole dans la léthargie d'un quotidien sans surprise, sans risque. Un quotidien où on croit que tout est acquis.

Chaque départ de ma mère n'est qu'un prétexte pour réinvestir le désir que l'absence régénère. Pour réinviter l'amour.

Elle a tout compris, ma mère, du désir et de l'absence.

Mais elle ne le dit pas, surtout pas.

Et la rejoindre derrière le voile de ses silences, c'est sans doute la plus belle conquête de mon père.

Malgré d'autres vies. Des vies qu'on ne dit pas. Qui le ramènent à quai. Toujours. Après chaque naufrage.

Moi je me tais, je me tais…

Pas la sœur, non, pas la sœur

Elle s'appelle Soléa. Elle aurait pu raconter son histoire. La petite histoire de sa petite vie. Mais elle est morte avant-hier. Aux alentours de 19h30, fauchée par une voiture volée qui a continué sa route. Juste devant son cabinet de psy, dont elle sortait pour regagner son domicile. Est-elle morte sur le coup ? En toute ignorance ? A-t-elle *su* que sa vie s'arrêtait là, sur le bord d'un trottoir, telle une pute dans l'attente d'un client ? Le dernier de la soirée ? Je ne sais pas, je ne veux pas savoir. Elle est morte, c'est tout. Prématurément. Prématurément, c'est-à-dire trop tôt dans le récit, avant que cela ne soit son tour d'intervenir. Alors elle ne racontera rien, Soléa dont la bouche étrangement généreuse pouvait contenir tant de mots. Elle ne racontera rien, puisqu'elle n'est plus là.

D'elle, nous ne saurons rien, rien d'autre que ce que les autres en disent. Rien donc. Puisque les autres, en parlant d'elle, ne parlent que d'eux-mêmes. Ce qu'ils disent d'elle dit d'eux. Pas plus. Et les autres, en l'occurrence, jusqu'à maintenant, c'est exclusivement Anna.

Je sais, c'est frustrant comme lecture. Une page vide qui se dérobe aux mots absents. Je sais. C'est terriblement frustrant. Ce goût d'inachevé.

Comme la mort.

L'infâme odeur de la vie achevée. Crucifiant pour l'éternité un parcours que l'on estime toujours, *toujours* inachevé.

C'est frustrant pour moi aussi, Lecteur. C'est sans doute le plus court chapitre de mon existence.
Quelle chute !

Puisqu'il faut finir à un moment ou à un autre…

Eh bien finissons-en. Maintenant.
Elle s'appelle Anna. C'est ainsi que cela pourrait s'achever.
Ou alors.
Elle s'appelle Anna et elle se coule lentement dans la douce quiétude d'un nouveau crépuscule paré de silence et de solitude. Elle est debout, appuyée contre le mur de cloison qui sépare la cuisine du salon. Le regard vague, se promenant dans des rêveries solitaires. Silhouette fantôme d'une vie accomplie.
La maison est calme et déserte. Les filles sont parties chez leurs pères respectifs.

Oui, je sais, dit comme ça, il manque un épisode. Enfin, plusieurs épisodes, la série entière, en fait. Oui, je sais, tout ça c'est pas narré. Parce que c'est long à expliquer. Il faudrait élaborer un schéma narratif, comme à l'école, en cours de français, avec tous les codes, bien comme il faut. Situation initiale, élément perturbateur, péripéties, résolution du problème, situation finale. Tout ça tout ça.
Mais bon, je peux pas faire ça.

Primo, c'est pas un roman, c'est un format *novella*. Et la principale caractéristique de la Novella, si j'ai bien compris, bien avant le contenu, c'est le format, le nombre de mots qui, ne correspondant ni à la nouvelle, ni au roman, invente cette catégorie hybride de la littérature. Donc, je suis pas dans le bon format pour te raconter, bienveillant lecteur, la série d'évènements qui a conduit au départ des filles chez leurs pères respectifs. Ça, c'est tout un roman. Des intrigues, des rebondissements, des retournements de situation, des détournements de situations, des personnages multiples, des points de vue narratifs différents. Tout ça tout ça. Et tout ça, c'est interdit dans la novella. La novella, c'est un peu comme une pièce de théâtre, ça fonctionne à l'unité. Un temps, un lieu, une action. Bon, certes, l'esprit vagabond peut errer dans des zones spatio-temporelles indécises, mais en gros, c'est ça l'idée. Alors moi, je m'adapte. J'esquive la narration. J'abrège.

Deuzio, j'ai pas tous les éléments. La situation initiale, on la connait, l'élément perturbateur, le déclencheur, et les péripéties, je les connais, mais comme stipulé ci-dessus, je ne dispose pas du format romanesque adéquat pour les développer. Par contre, la fin, résolution et situation finale, on n'y est pas encore. Je ne sais pas du tout, mais alors pas du tout *du tout*, comment ça va se résoudre et se terminer, tout ça. Alors, je peux pas t'en parler. Dans un souci d'honnêteté. Je vais quand même pas inventer, non ?

Petit 3 : c'est pas le propos. Une autre fois, peut-être ?

Là, le seul point à connaître, c'est que Naïs et Elina sont parties. Peu importe où, quand, comment, pourquoi, combien de temps, reviendront-elles… La mention de leur départ n'est là que pour signifier qu'Anna est désormais seule chez elle.

Et c'est ainsi que cela s'achève. Dans le bien-être serein d'une solitude aux teintes dorées d'un soleil couchant. Dans la paix des silences qui s'étirent à l'ombre d'un soir qui s'invite.

Adossée à la pénombre, elle promène un regard rêveur sur la promesse d'une vie à accomplir.

Elle s'appelle Anna, elle est seule et elle attend quelqu'un ce soir.

Quelqu'un qui ne viendra pas.

Elle attend.

C'est souvent comme ça, la vie. Un rendez-vous manqué au hasard d'une circonstance.

Elle *t'*attend.

Postface
Note au lecteur

Ami lecteur,

Autant je me refuse à t'infliger une préface, pour ne pas entraver ton arrivée dans le récit et compromettre ta perception de l'univers dans lequel je t'invite, ou dans lequel tu t'invites, c'est comme on veut, une simple question de point de vue, autant je ne peux me résoudre à te quitter sans un mot.

Ces quelques lignes, donc, après ta lecture, pour te garder encore un peu, retarder la séparation. C'est toujours douloureux, les séparations, ça empeste le manque et le doute. Ça dégueule de relents de deuil et d'inachevé.

J'aurais pu différer ce moment, prolonger l'histoire, dire plus. C'est vrai. Mais que dire de plus quand tout est dit ?

…

Alors ces quelques lignes en marge du récit achevé, bien malgré lui, si l'on peut dire.

Quelques lignes. Non pour te parler de moi, pour quoi faire ? Ni de mes intentions, y en a pas. Non plus de ce texte, pas comme ça. A l'occasion, si l'occasion se présente, si ce texte accède un jour à une existence publique, je pourrais te raconter les circonstances de sa naissance, la manière dont il s'écrit. Tout ça, tout ça.

Quelques lignes pour te dire, mais tu le sais déjà, que je ne suis pas Maupassant et que je n'écris pas *Une vie*. Non que cette œuvre m'ait marqué ou traumatisé, non. Pas du tout. Je m'en souviens à peine, même si je l'éprouve encore. *Une vie*, je ne sais plus trop ce que cela raconte, mais je sais bien ce que cela dit. Une vie, c'est un barrage à l'horizon.

Anna est très loin de l'horizon. Son existence s'arrête au seuil du monde. Et ça, c'est pas une vie, on est d'accord, ami lecteur ? C'est pas une vie, vraiment, c'est juste une histoire… Si peu de choses donc. Même si cette histoire, c'est toute sa vie.

C'est pauvre, je sais. Mais quand on a tout pour soi, généralement on ne peut que s'appauvrir. Se parer d'une peau de chagrin.

Je continue à écrire des histoires, *mon ami*. J'ai failli t'appeler Hastings, parce que je te veux fidèle et attentif. Mais je ne suis pas Poirot. Une cruche, tout au plus, qui écrit avec l'alibi d'un destinataire, toi lecteur, eh oui, personnage imaginaire qui supplante tous les héros et anti-héros des œuvres de fiction.

Je sais bien que tu existes, je sais, mais j'ignore qui tu es. Quelqu'un, quelque part. Et, sois-en sûr, *mon ami* qui lit, de tous les personnages qui ont pris vie dans mes écrits, tu es ma plus belle invention.

Table des matières

Puisqu'il faut bien commencer par quelque chose….. 7

Une fille et un jardin.................................. 9

La classe des mammifères...................... 23

L'enfance, promesse non tenue 43

Après l'enfance le cimetière des rêves ... 57

L'enfant... 65

La seconde naissance............................... 79

La vie de tout le monde........................... 89

Les hommes au parfum..........................107

Le père, gène et patrimoine 119

La mère, gêne et matricide.....................135

Pas la sœur, non, pas la sœur 153

Puisqu'il faut finir à un moment ou à un autre… 157

Postface..163

Note au lecteur..163

Du même auteur :

Romans :
Les volets clos. 2022. Editions Red'Active.
Je. 2023. Editions Red'Active.
Le monde autour. 2024. Editions Red'Active.

Novellas :
L'insignifiante. 2023. Autoédition.
MAD. 2023. Autoédition.

Ouvrages collaboratifs :
Marguerite Yourcenar, la première immortelle. (« Chandelle ». Poésie). 2023.
Albert Camus : créer, c'est vivre deux fois. (« Briser les silences ». Nouvelle). 2023.
Le livre de nos mères. (« Les secrets ». Nouvelle). 2024

Nos lettres d'Asie. (« Regards croisés ». Nouvelle). 2024.

Romain Gary : les avatars d'un génie. (« Au bal des hommes ». Nouvelle). 2024. Editions Rencontre des Auteurs Francophones.